僕が七不思議になったわけ
小川晴央

目次

Illustration／よしづきくみち
Design／カマベヨシヒコ

僕が七不思議になったわけ

小川晴央

プロローグ

携帯《けいたい》がない事に気が付いたのは、布団《ふとん》に入る直前だった。鞄《かばん》をひっくり返しても、制服のポケットを裏返してみてもどこにもない。

「まさか、学校か……？」

普通《ふつう》の人は「明日とりにいけばいいか」と済ませるのかもしれない。しかし、俺《おれ》の場合は一粒落とされたその不安が、心の中で滲《にじ》んで広がり、それ一色になってしまう。もし仮に、学校に置き忘れた携帯が誰《だれ》かに盗まれていたら、何十万もの請求《せいきゅう》が来たら、犯罪に使われたら！

牢屋《ろうや》で無罪を叫ぶ自分を想像したところで、学校に向かう事を決意した。

校舎の壁面《へきめん》にかけられた時計はもうすぐ深夜零時《れいじ》を回ろうとしている。校舎は無機質な黒い箱のようで、昼よりも大きな圧迫感で俺を見下ろしてきた。見回りの人はいないか、近所の人に見つからないかと、校舎の周《まわ》りをしばらくうろうろしてから、フェンスを急いで乗り越えた。

歯の隙間《すきま》から空気を漏《も》らしながら、窓を静かに開ける。この美術室の窓が先日壊《こわ》れたままだったのは、不幸中の幸いだ。

美術室内に入ってすぐ、誰かの視線を感じて飛《と》び退《の》いた。

「うわ！　誰！　ごめんなさい！　怪《あや》しいものでは……！」

言い訳をしながら、視線の正体が石膏像《せっこうぞう》だったことに気が付く。

「頼むから、驚《おどろ》かさないでくれよ……」

飛び退いた拍子《ひょうし》に、黒板の『祝卒業！』という文字をこすり消してしまった。ジャージの腕部分についたチョークの粉を払う。

今日、この清城《きよしろ》高校は卒業式が行われていた。中には途中《とちゅう》で涙を流す先輩《せんぱい》もいた。俺は在校生の椅子《いす》からそんな卒業生たちを眺《なが》めていたが、来年涙を流してそこに立つ自分の姿は、全く想像できなかった。

それよりも、携帯を見つけ出す方が差し迫った問題である。

「怖《こわ》くなんてない～全然平気～」

たった今自作した嘘《うそ》だらけの曲を、おそるおそる口ずさみながら、今年一年間を過ごした教室にたどり着く。机や椅子に数度足をぶつけながら、自分の席に向かった。手を突《つ》っ込んで探るとすぐに携帯は見つかり、安堵《あんど》のため息をつく。

「よかった。でも、俺こんなとこいれたっけなー」

記憶《きおく》にはないが俺の事だ。もし仮に卒業式の最中に着信が来たら！　といつものごとく心配し、机にいれたのだろう。

「よし、後は帰るだけ……」

ただ、携帯が無事だったくらいで安心できる程、俺の心配性は甘くなかった。携帯が盗まれているかも、という強迫観念がなくなり冷静になったぶん、次から次へとまた別の不安が頭に充満していく。

もし仮に、誰かに見つかったら、もし仮に、今この校舎に殺人犯でも逃げ込んでいたら……。

昼間は突き当たりまで確認できる廊下《ろうか》が、今は奥《おく》まで見通せない。まるでそこに暗黒に繋《つな》がる穴がぽっかり開いているようだ。

急に気温が下がったような気がして、ジャージのチャックを顎《あご》まで上げてから、早足で階段を下りた。

今度は壁《かべ》に掛けられた肖像画《しょうぞうが》に一度驚いてから、美術室の窓を跨《また》いで中庭に出る。

警備員さんがいないか、木の陰《かげ》に隠《かく》れて中庭を覗《のぞ》く。中庭全体を見回してみると、植えられた桜の木それぞれが、もうすぐ満開になろうとしていた。月の光に照らされたピンクの花は、ぼんやりと光っているようにも見える。

「夜でもきれいなんだなぁ」

見とれて一瞬《いっしゅん》だけ不安が和らぐ。無防備に歩き出すと、隠れていた幹の反対側に、一人の女性が立っていた。

「うわあぁ！」

俺が叫んで飛び退くと、彼女も体をびくんとさせて距離をとった。一つに束ねられた長い髪が大きく揺《ゆ》れる。

「ひゃっ……！　誰？　誰なんですか？」

俺も彼女も桜の木に身を隠しながら、互いをうかがう。

「ご、ごめんなさい、まさか人がいるとは思わなくて……」

敬語を使ったのは、彼女の持つ雰囲気《ふんいき》が明らかに年上のものだったからだ。身長は俺と同じくらいあり、目鼻立ちはきりっとして大人びている。暗くてしっかりとは確認できないが、彼女の髪の毛は少し赤みがかっていた。

「えっと、この学校の生徒……ですか？」

彼女はうちの学校の制服を着てる。しかし、見覚えはない。

「私……、忘れ物を取りに来たんですけど。でもなんか怖くて、ここで動けなくなっちゃって……」

彼女の声がわずかに震《ふる》えている。この状況《じょうきょう》を誰かが見たら、俺の事を、彼女を襲《おそ》う変質者だと勘違《かんちが》いするかもしれない。

「俺も、いや、僕も忘れ物を取りに……。怪しいものではないです！」

手に持った携帯を掲《かか》げる。

「あ、ほら、うちの学校のジャージ。これ」

木の陰から体を出して、胸に刺繍《ししゅう》された〝清城高校〟の文字を見せる。すると彼女も安心したのか、こちらに歩み寄ってきた。

「よかった。一人じゃ心細くて……！」

彼女は鼻が俺の顔に当たろうかという距離まで詰めてきた。異性との不慣れな距離に胸がくすぐったくなる。

「えっと……、近くないですか……」

「だって、怖くて……あなたは大丈夫《だいじょうぶ》なんですか？」

か細い声でそう言うと、彼女は俺の服の袖《そで》を軽く握《にぎ》った。

「ぼ、僕は別に、平気ですよ。ヨユーです」

大嘘だ。思わず見栄《みえ》を張ってしまった。

「もし迷惑《めいわく》でなければ学校の外まで、ついていってもいいですか……？」

正直俺が誰かに助けてほしいくらいだったが、見栄を張った手前断るわけにもいかない。

「も、もちろんいいですとも。あ、でも忘れ物は？」

「忘れ物？」

彼女が首をかしげる。俺も首をかしげた。

「さっき、忘れ物をとりに来たって……」

「あ、そうですね。もういいんです。それは。怖いので、明日にします」

美人の女性を連れて歩き始める。不安を感じつつも、どこかで俺は浮ついていた。

「そういえば、この学校の七不思議って知ってます？」

俺の少し後ろを歩く彼女が唐突《とうとつ》に言った。

「はい？」

「七不思議です。知ってます？」

「えっと、まぁ、いくつかを聞いたことくらいは」

正直言えばそんな縁起《えんぎ》でもない話はやめてほしかったが、さっき〝怖くない〟と言った以上止められない。

「その一つに『トイレの花子さん』があるんです」

「て、定番ですね」

耳を塞《ふさ》ぎたくなるが、なんとかこらえる。

「こんな夜なんですって」

彼女の声が急に熱を失い、無機質なものになる。

「はい……？」

「だから、こんな夜なんです」

彼女の声が当たって、背筋に鳥肌《とりはだ》が立つ。

「な、なにが……？」

「花子さんが出るの」

もし仮に、この世界に幽霊《ゆうれい》がいたとしたら。うちの学校に七不思議が本当にあったとしたら。もし仮に、たった今後ろにいる少女が、その花子さんだったら……。

「……っ！」

俺は後ろを振り返る。

そこには、中庭と、桜と、さっきまでと同じ姿をした彼女。

「な……なんだ。何もないじゃないですか。脅《おど》かさないでくださいよ」

ため息と共に、早口で彼女を責める。

「あ、もしかして、私がその花子さんだなんて思っちゃいましたか？」

「ははは、少しだけですけどね」

「やだなぁ、違いますよ」

初めて見る、透《す》き通《とお》った笑顔で彼女は言った。

「花子さんはあっちです」

彼女は俺の後ろを指差した。それと同時に、扉《とびら》が軋《きし》む音が響《ひび》いた。そんな物は、ないはずの中庭で。

——ギィィ……

不快なほどに高く、それでいて不気味な音は、どこか遠くで鳴っているようにも、すぐ耳元で鳴っているようにも聞こえる。

考えるよりも先に振り向く。

何もない中庭の空間が裂《さ》け始めていた。目に見えない扉がそこには存在していた。風景がえぐりとられたかのように開いていき、向こう側が現れる。

落書きされた木の壁、敷《し》き詰《つ》められた細かいタイル、そしてその中央には和式の便器。

そして、その中心に立つ、一人の少女。

「う……え……あ……？」

少女といっても輪郭《りんかく》が少女の形をしているだけで、彼女自身は何の濁《にご》りもなく黒い。

だが顔の目と口があるべき場所だけは、真っ白にくり抜《ぬ》かれていた。

「なんだこれ……」

俺は後ずさる。くり抜かれた彼女の口が少しだけひしゃげて、笑ったように見えた。

次の瞬間《しゅんかん》、少女の輪郭は歪《ゆが》み、黒い霧《きり》になった。

「うわぁ！　なんだこれ！　なんだこれ！　嘘だ嘘だ嘘だ嘘だ！」

涙を流しながら喚《わめ》く俺に、黒い霧となった少女がすさまじい勢いで向かってくる。

「うわわぁ！　ごめんなさい！」

足がもつれて尻《しり》もちをつく。頭の上を黒い霧が掠《かす》めていった。目で追うと、黒い霧は勢いを落とすことなく、中庭の桜の木に蛇《へび》のように絡《から》み付いた。

その一本だけが強風にあおられたように幹ごと揺れる。轟音《ごうおん》の合間に、小さな枝が折れる音が聞こえた。

「もうよい花子。桜は大切にせい」

どこからか芯《しん》の通った声が響く。すると、黒い霧は最後に一周じっくりとねぶった後、木から離れた。真《ま》っ直《す》ぐに俺の横を駆《か》け抜《ぬ》け、トイレの中へと戻《もど》っていく。見えない扉が閉まりきろうかという時、霧はもう一度少女の形に戻った。

「なな、なんなんだよぉ、今の……」

「花子さん。さっきそう言うたであろう？」

首を左右に振って声の主を探す。

「こっちだこっち」

俺は空を見上げる。桜の木のてっぺんに彼女はいた。さっきまで一緒《いっしょ》に歩いていたはずの彼女が、そこに浮かんでいる。

「驚かせて悪かった。などとは言わん。なにせそれがわしらの仕事だ」

もう彼女は制服を着ていない。矢羽柄《やばねがら》の着物を身にまとい、口を大きく左右に広げてニヤついている。

「わしの名はテンコ。この学校の七不思議を司《つかさど》っておるものだ」

彼女の周りを、さっきまで咲《さ》き誇《ほこ》っていた桜の花びらが枝を離れて舞う。そして真っ黒な夜空に、花弁のピンク、彼女の赤い髪、袴の鮮《あざ》やかな紫《むらさき》が浮かび上がる。それはまるで一枚の巨大な絵画のようで、圧倒された俺は呼吸が出来なかった。

「おめでとう、今この瞬間、この学校の新しい七不思議にお主は選ばれた」

無数に舞う花びらの一つが、俺の顔にへばりついた。

逃げなきゃ。ただそう思った。

振り返らずに、意味不明な声を上げながら、ただただ家に走った。家に入り部屋に入りベッドに入り、布団を頭まで被《かぶ》って、俺はひたすら朝が来るのを待った。

春の章

清城高校七不思議

『トイレの花子さん』

ずっと昔、一人の少女が校内で亡くなった。

少女の魂《たましい》の欠片《かけら》は、死後もそこにとどまり続けた。

少女を知る者がいなくなっても、学校が改築されても、魂の欠片はそこにとどまり続けた。

やがて少女の魂はなぜ死んだのかも忘れ、何を考えていたかも忘れ、自らが人間の魂であることすらも忘れていった。

そして、長い年月を経て、少女の魂の前で、ある生徒が話をした。人から聞いた怪《かい》談《だん》を披露《ひろう》した。それが『トイレの花子さん』だった。

少女の魂はそれになることにした。

全《すべ》てを忘れた少女の魂は、その日からそれになることにした。

春休みが明けた。俺は体調を崩《くず》すでもなく、悪夢を見るわけでもなく、いたって平和に春休みを過ごした。そうする内に、あのヨのことは全て夢か幻《まぼろし》だったのだと思うようになった。

始業式当日。学校に足を踏《ふ》み入《い》れる時こそびくびくしていたが、心地のいい陽気と、普段《ふだん》と変わらない周りの様子に、だんだんと落ち着きが戻ってきた。

そもそも年度の始めには、心配事が多すぎる。

もし仮に、同じクラスに苦手な人がいたら。もし仮に、体育で俺が嘔吐《おうと》したことを憶《おぼ》えているやつがいたら。昨日髪を切ったことを、高三デビューだと勘違いされたら！

小さいころからクラスが変わるたび、人と出会うたび、曲がり角を目にするたびに、この先にあるものは、どんな形で俺に襲い掛かってくるのだろうと心配してきた。

俺の頭の中は、入れ代わり立ち代わり出てくる心配事で満杯《まんぱい》であり、幽霊の事まで気にする余裕《よゆう》はないのだ。

始業式を終えると、新しい教室で新しい担任の、新しくないギャグ交じりの自己紹介を聞いた。三年生の教室は四階なので、窓から見える景色が去年と少し違う。ボウリング場の看板を眺めているうちに、先生からの連絡事項は終わっていた。

「じゃあ、昼休みだ。受験ガイダンスがあるから、間違えて帰るなよー」

そう声がかけられた途端、待ち構えていたかのようにクラスメイトが動き始めた。同じ部活の仲間や、去年から同じクラスだった者と机をくっつけて食事を始める。

俺はパンの入った袋《ふくろ》を手にし、談笑するグループの合間を縫《ぬ》って教室から出た。


第二校舎に向かう。特別教室や、文科系の部室が集まっている校舎だ。その最上階、一番奥の部屋にくると、俺は振り返って周りに人がいない事を確認してから、足元の小窓を外した。

「よっと」

自分の体をするりと滑《すべ》り込《こ》ませると、教室の中から小窓を戻した。

教室の半分が、無造作に積まれた椅子と机に占拠《せんきょ》されている。年々生徒数が減っているこの学校では、物置代わりの空き教室がいくつか存在している。ここもその一つだ。俺以外は、滅多《めった》に人が入らないようで、かなり埃《ほこり》っぽい。

一年生の頃《ころ》は、一緒に昼食を食べるクラスメイトがいた。別の中学から来たサッカー部のクラスメイトが、入学初日に声をかけてくれたのだ。それがきっかけで、一年間は、彼と彼の友達と一緒に昼休みを過ごしていた。

しかし、二年に上がり、サッカー部の彼とはクラスが離れてしまった。それでも最初の昼休みに彼の元に向かっては見たが、彼は既《すで》に新しいクラスメイトと意気投合していた。

もし仮に、新しいクラスに馴染《なじ》めてないことを笑われたら。新しいクラスメイトに嫌《きら》われたら。別の教室から来てまで一緒に食べるほど仲が良くないと思われていたら。

そんなことを考えて、結局その輪の中に入っていくことが出来なかった。

しかし、一人で昼食をとっていても、俺の心配性が休むことはない。頭の中で俺自身の声が次々とこだまする。こんな俺を見て、周りの人は哀《あわ》れに思わないだろうか！　と一人で昼食をとることもままならない。

そこで俺は校内を巡《めぐ》り、この空き教室を見つけたのだ。

それからずっと、ここで昼を過ごしてきた。一年生の頃食事を共にした彼は、俺が新しいクラスの友達と昼休みを過ごしていると思い、新しいクラスメイトは、前のクラスの友人と過ごしていると思っていただろう。そして今年もそうなるはずだ。

机に積まれた椅子の一つを、窓際に持っていく。眠《ねむ》たくなりそうな暖かい日差しを浴びながら、中庭を見下ろす。いくつかあるベンチは、昼食をとる生徒達で全て埋《う》まっていた。

「下から顔を見られると、やっかいなことになるのではないか？」

突如《とつじょ》後ろから声が聞こえた。全身が硬直《こうちょく》して、手に持っていた餡《あん》パンを握りつぶす。

その声が卒業式の夜に出会った女の声と、全く一緒だったからだ。

「嘘だろ……」

固まった首を無理やり回して、俺は振り向く。机に乗せられた椅子の一つに、あの日と同じ袴姿の女が座っていた。

「嘘？　なにがじゃ？」

彼女は椅子から立ち上がると、落ち葉の様なスピードでゆっくりと床《ゆか》に降りた。着地の際に足元の埃が舞うだけで、音は一切しない。

「嘘だ嘘だ嘘だ！」

俺は立ち上がりながら、椅子に自分の足を絡ませて転んだ。

「はっはっは！　出会った時同様、いい反応をしおる！」

彼女はあの日と同じ、矢羽柄の和服を着ている。袴で強調された胸の膨《ふく》らみが、堂々とした直立姿勢によってさらに大きく見えた。

「くんな！　こっち、くんないで！　こないで！」

「日本語がおかしくなっておるぞ。転んだ拍子にどこか打ったか？」

「あ、あくりょうたいさん！」

俺は食べかけのパンを投げつける。しかし、パンは音もなく彼女の体をすり抜けて、床に落ちた。

「悪霊《あくりょう》退散と言いつつ、物理攻撃《こうげき》とはな。そんなもの痛くもかゆくも気持ちよくもないわ」

「マジかよ……？」

「マジじゃ。わしは幻覚《げんかく》でも夢でもないぞ。まぎれもなく幽霊！　とりあえず落ち着いて話を聞くがよい」

彼女は胡坐《あぐら》をかいて、パシンと膝《ひざ》を打った。

俺の頭の中では、呪《のろ》い殺されるかも！　頭がおかしくなったのかも！　いや、テレビのドッキリかも！　と思考が渦巻《うずま》いていた。

「こんにちは、俺……いや僕は、『中崎《なかさき》 夕也《ゆうや》』です。えっと、三年B組です」

口調やテンションを図りかねたまま、自己紹介をした。俺が正座をしているのは礼《れい》儀《ぎ》の為《ため》でなく、恐怖《きょうふ》で身が縮こまっているからだ。

「あー敬語などよいよい！　気楽にしろ」

彼女はぶらぶらと手を揺らし、胡《あ》坐《ぐら》を組んでいた足を解く。その途端、彼女の体はふわりと宙に浮いた。

「わしは『テンコ』！　この学校の七不思議の一つであり、七不思議を司る者。『テンコ』じゃ！」

彼女は勢いよく自分の胸を平手で叩《たた》いた。

「はぁ、七不思議……」

「そう七不思議じゃ」

彼女は堂々と答えたが、そんなこと信じられるわけがない。夢ではないかと試しに足をつねってみる。

「痛っ！」

「足が痺《しび》れたか？　よいぞ、楽な体勢で」

「いや、大丈夫です……。で、七不思議のテンコさんでしたっけ？　そんな方が僕に何の用ですか……？」

「だから敬語はやめい。話しにくいわ」

「そう言われても……」

もし仮に、目の前の女性が本当に幽霊だとしたら、軽々にタメ口は聞けない。機嫌《きげん》を損ねて呪い殺されたらたまったもんではない。

「用と言うのはな。この前会った時にも言うたが、お主が七不思議の一員として選ばれたという報告をしに来たのじゃ！」

テンコは早口で「おめでとう！」と付け足し拍手《はくしゅ》をした。

「言ってることの意味が分からないんですが……」

「今言った事以上のことはない。説明終わり！」

「終わらないでください！」

勝手な振る舞いと言葉に口調が荒《あら》くなる。そんな俺の反応を見て、彼女は満足そうに笑った。

「去年まで、この学校には七不思議がしっかりと七つあった」

テンコは両手でチョキとパーを作る。

「しかし、そのうちの一つが旅に出ての」

「旅？」

「ほら理科室に骸骨《がいこつ》の模型があったじゃろ？　あれが撤去《てっきょ》されて今年からよその学校に行くことになったんじゃ。それで七不思議の席が一つ空いたわけだな」

テンコは指を一つ折り曲げた。

「理科室の骸骨……」

そういえば、夜な夜な骸骨の笑い声が聞こえるという噂《うわさ》を、聞いたことがあったような気がする。

「笑い過ぎて顎関節症《がくかんせつしょう》になるとは。職業病というやつかの」

骸骨に病気も何もあるのだろうか。疑問に思う俺を無視して、テンコは話を続ける。

「それで、七不思議を司る役目のわしは、その空席を埋めねばならなくなったわけだ」

「六個のままでやっていけばいいような気も……」

六不思議という響きは悪いが、俺たち人間にとってみれば六つも七つも変わらない。

「わしも出来る事ならそうしたい。新しく不思議を登録するというのは割と面倒《めんどう》なことなのでな。だがしかし、不思議は七つなければならない。それが決まりじゃ。いや、決まりというか、摂理《せつり》といった方が正しいか」

テンコは首をすくめた。

「えっと、テンコさんは、ドッキリとか、ＣＧではないんですよね？」

「疑り深いのぉ。そこまでいくと心配性と言うより、心配病じゃの。わしはまぎれもなく幽霊じゃ！」

「そう言われてすぐに信じられる程、僕の頭は柔軟《じゅうなん》ではありません」

「わしは嘘など言わん。幽霊一の正直者だと自負しておる」

正直者だと自分で名乗ってしまうこと程、正直者でないことをアピールする方法はないだろう。

だがしかし、ふわりと空中に浮く目の前の彼女、卒業式のあの夜見た光景を考えると、彼女が幽霊であること以外、自分を納得させる解釈《かいしゃく》がないのも事実だった。

「だとすると、代わりの七不思議が、なんでよりによって僕なんですか？」

「お主があの日、この学校にいたからじゃ」

テンコはさらりと答えた。

「あの日って、卒業式の日？」

俺が学校に忍《しの》び込んだ日である。

「そう。七不思議の引《ひ》き継《つ》ぎは卒業式の夜、ぴったり深夜零時に行われる。一瞬たりとも七不思議に欠番ができないようにな」

テンコは空中でくるりとまわる。着物の袖が、ひらりと彼女の軌跡《きせき》を描いた。

「普通は既にこの世を去った魂や、怨念《おんねん》なんかを見つけてくるんじゃがな。あの日あの瞬間、ちょうどいい魂が他に見つからなかったのじゃ」

「それで俺の魂を……？」

「あぁ。助かったぞ。絶妙なタイミングじゃったわ」

「ん？　じゃあ、まさか俺って死んでるの？」

「はっはっは！　流石《さすが》に本人の許可なく魂を奪《うば》ったりせんよ」

俺の怯《おび》えた顔がおかしかったのか、テンコは奥歯が見えるほど大きく口を開けて笑った。

「お主の魂を、仮の七不思議として登録させてもらっただけじゃ」

「登録って……俺生きてるんですけど」

「魂は魂じゃ。肉体は肉体。肉体に入ってようが、入っていまいが関係はない。どこにあっても魂は魂。肉体は肉体。どちらかが、どちらかの、どちらかたる最低条件ではない」

テンコは俺の近くに飛んできて、袂《たもと》からくすんだ和紙を取り出した。筒状《つつじょう》になったそれを、俺の目の前に広げる。ミミズのような文字で書かれており、読み解くのに時間がかかったが、大体こんなふうに記されていた。

『清城高校七不思議』
一、テンコさん
二、トイレの花子さん
三、零界《れいかい》の吐息《といき》
四、十三階段
五、赤目の鳥
六、呪いのメール
七、三年B組　中崎くん（仮）

記された怪談のいくつかは噂で聞いたことのあるものだった。その中に自分の名前が書き足されているのは、気持ちのいいものではない。

「というか、仮って……」

「勝手な事は承知しておる。だがさっきも言ったように、七不思議の引き継ぎは卒業式の夜にしか行えない。今年一年は、この学校の七不思議として籍《せき》を置いてもらうぞ」

当たり前のように言ってのけるテンコに、俺は思わず声を荒げて言い返す。

「嫌《いや》だよ！　そもそも俺なんて、なんにも不思議じゃないし！」

「生きているのに七不思議！　それはそれで充分不思議な存在ではないか！」

「そんなのでいいのかよ」

頭の中でテンコの話を反芻《はんすう》する。荒唐無稽《こうとうむけい》な話なので、理解には時間を要する。

「七不思議になることで、俺に不利益は？」

「確かなかったはず！」

「いやいや！　そこははっきりしてください！」

「ない！　そんなものはない！」

「だんだんと体が衰弱《すいじゃく》したりは？」

「しない」

「悪霊が寄《よ》り憑《つ》いたりは？」

「せん！」

「普通に生活していいわけ？　卒業式に引き継ぎとやらをするまで」

「そういうことじゃ。タイタニックのような大船に乗ったつもりでおればよい！」

「それ例《たと》えとして成立してない！」

「小さいことは気にするな！　はっはっは！」

テンコは力強く笑った。彼女の言葉は真っ直ぐで、なぜか説得力がある。

「ずいぶんと適当だな……」

彼女の幽霊らしからぬ堂々とした態度と性格に、自分の中の彼女への恐怖が、最初よりも薄れていることに気が付いた。

「もちろん、タダでとは言わんぞ！　一年間七不思議になってくれている間、見返りは用意する」

「見返り？」

「まぁ、これはおいおい説明してやる。さ、いけ。そろそろ授業が始まるぞ」

テンコがそう言うと、校内に予鈴《よれい》が鳴り響いた。空き教室の壊れかけたスピーカーからも、調子の外《はず》れたチャイムが聞こえる。

「あ、そうじゃ、そうじゃ」

「なんでしょう？　まだ何か？」

「お主が望むなら、もちろん来年以降も七不思議を続けてもらっていいからな。七不思議入りを望む魂があるなら、その意思にわしは立場上逆らえん」

「お断りします。そもそも俺は赤点さえとらなきゃ卒業するんで。学校にいないやつを七不思議にしてもしょうがないでしょ」

「魂を抜いて、学校に閉じ込めればなんとかなるぞ」

「怖いわ！」

溶《と》けかけていた警戒心《けいかいしん》が、俺の中でまた強く固まった。

●

持参した弁当をいつもの空き教室でつついていると、テンコが現れた。

「でたな」

「人を幽霊みたいに言うな」

「幽霊じゃん」

「はっはっは！　そうだった、そうだった。これは一本取られたの。山田《やまだ》君、なでなでしてやって」

「座布団《ざぶとん》よこせよ」

テンコを適当にあしらって、箸《はし》で卵焼きを挟《はさ》む。

彼女は始業式に会話して以来、日に数回俺の前に姿を現した。授業中であっても体育の時間であってもおかまいなしだった。

俺以外の人間にはテンコの姿が見えないらしく、好きな時に出て来ては、言いたいことを言って消えていく。テンコに人前で話しかけるわけにはいかないので、基本的には無視を決め込んだ。しかし、テンコがカツラ疑惑《ぎわく》のある古典教師の頭部をじっくりと眺めている時だけは、笑いをこらえるのに必死だった。

そうこうするうちに、だんだんと彼女への警戒心は解け……、というか、いい加減な彼女の性格に、丁寧《ていねい》に対処するのが面倒になってきた。

「ったく。俺がやっと見つけた落ち着く場所が、あんたのせいで騒《さわ》がしくなったな」

「それはこっちの……」

「こっちの、なんだよ」

テンコは言葉を選んでからまた話し出した。

「こっちの勝手じゃろ。わしがどこにいようと、わしの自由じゃ」

「それもそうだけどさ。あんたさ、俺の前にいない時はどこで何してんの？」

机の上に寝転《ねころ》んでいたテンコが体を起こしてこっちを向いた。

「散歩したり、授業を眺めたり、寝たり、まぁ、適当にしておる。あとジャンプ読んだり」

彼女は袂から、漫画雑誌を取り出した。

「漫画読むのか」

「読むぞー。生徒が捨てたものを拾ってくる」

テンコは空中に寝そべって漫画を読み始めた。無造作に足を組むので、袴が彼女の膝までずり上がる。

「はっはっは！　ジャンプは毎週面白いのー」

表紙には、『サンデー』と大きく書かれていた。

彼女にとっては、どれも同じに見えるらしい。

「夏休みなどは持ち込む生徒がおらず、話が飛び飛びになってしまうのが悩みどころじゃな。そうだ、お主届けてくれぬか？　ジャンプ買ってこいよ」

「パシりにしないでくれ。なんだ、あんたって学校の外には出られないのか？」

「この学校の七不思議じゃからな。まぁ、少しくらいなら出られるぞ。力は弱まるし、時間も範囲も限られるがな」

どうりで俺が下校してからは出てこないわけだ。帰宅してからの様子を覗かれることはなさそうだ。仮にこいつが嘘を言っていなければ。だが。

「他の七不思議と遊んだり、話したりはしないのか？」

「遊ぶも何も、他の七不思議に人格なんてものはない。幽霊というのは死んだ者の魂の欠片なのだ」

「魂の欠片？」

「そうじゃ。日が完全に沈《しず》みきっても、まだ空が明るい時間帯というのがあるじゃろ？」

「ある、な。確かに」

「あれは空に残るわずかな光が、地を照らしているわけだ。幽霊というのはそういう存在じゃ。魂そのものは、天国なのかあの世なのか、成仏《じようぶつ》なのか、それはわしにもわからんがこの世から消える」

テンコは両手の指を触《ふ》れ合《あ》わせてから、ゆっくりとそれを離した。

「しかし、その魂の欠片。想いや、意志、性質といったわずかな一部分だけが残滓《ざんし》として、この世界に残るのだ」

「残滓、ねぇ」

「ほれ、あの花子さんも人格があるように見えて、その実、魂の中の〝少女らしさ〟が欠片として残ったにすぎん。卒業式の夜も、少女らしくじゃれておったじゃろ？」

桜の花を散らすほどの現象を起こして、じゃれていた。というのは人間からしたら恐《おそ》ろしい事この上ない。

「もし今まで死んだ連中の魂全部がそこらで好き勝手やっておったら……、まぁ、それはそれで楽しそうじゃな」

「ん？　待てよ。じゃあ、あんたはどうなんだよ。魂の欠片っていうには、ずいぶんと人間らしいけど」

「魂の大部分が人格を持って残ることも、あるにはある。非常に稀《まれ》じゃし、やがて少しずつ消えていくがな」

「あんたはそのレアケースってことか？」

「いんや、わしは幽霊というより、精霊《せいれい》や神に近い存在だな」

テンコは長い足をパタパタさせている。

「神ぃ？」

俺が怪訝《けげん》な表情をしているのを声で悟《さと》ったのか、テンコは声を尖《とが》らせた。

「なんじゃ馬鹿《ばか》にしておるのか？　わしはむかーしむかし、おじいさんと、おばあさんが川に洗濯《せんたく》にいくより昔から生えておった、桜の木の精霊じゃ」

「き？　きって、あの木か？」

「そう。あの木じゃ。それはそれは大きな木での。どれくらい大きいかというともう天にも届きそうな勢いで、いや下手《へた》したら届いておったの。てっぺんは空気が薄かった気もする」

現代建築もびっくりである。テンコが話を盛っていなければ、であるが。

「とまぁ、それくらい立派な木で、その土地の者達から崇《あが》められておった。その中で、わしという精霊が宿ったのじゃ」

「その桜の木の精霊が、なんで今はこの学校に？」

「ある日、地滑《じすべ》りで、ぽっきり倒れてしまったのじゃ。それを見たその土地の人間は『ずっと見守ってくれていた神木を捨てるなど！』と言って、近くで建てていたこの学校の材木としてわしを使ったのじゃ『今度はここで子供たちを見守っていてください』という願いを込めてな」

テンコは武勇伝を語るかのように胸を張った。

「そうしてわしはこの学校そのものになり、この学校の精霊になったわけだ」

「材木って、この学校はあんたで出来てるのか？」

思わず教室を見回す。

「この校舎が木造に見えるか？　何度も増改築したからの。今はもう極一部しか残ってはおらん」

「元桜の木、現、清城高校そのものってわけか」

卒業式の日、桜の花を散らす花子さんに、「桜は大切にせい」と言ったのもそういう過去が関係していたのかもしれない。

「まぁ、お主ら人間からしたら幽霊も、精霊も変わらんじゃろ？　だからわしも自らを幽霊だと名乗っておる。難しいことは考えず、とにかく偉大な存在だと思っていてくれればよい！　はっはっは！」

高笑いするテンコを前に、いたずら心が俺の中で芽を出した。

「ってことは、実はあんた、結構年とってるんだな」

「人間からみれば、そういうことになるな」

「じゃあ、もしかしてその年で制服着て、怖くて動けなくなっちゃってー。とか演技してたのか。痛いな。それ」

「はっはっはっは！　これが事の他楽しいんじゃ！」

テンコが幽霊だからだろうか、それとも彼女の性格のせいだろうか、皮肉は全く効果がなかった。

「うん！　んん！　あーあー。〝怖くて、動けなくなっちゃったの〟どうじゃ？　可愛《かわい》いじゃろ？」

声色を別人のように変化させながら遊んでいる。その変わりようには恐ろしさすら覚える。

「あ、制服といえばな。この袴は、学校が出来たての頃の制服なのじゃぞ」

そう言って、テンコは着物の袖を持ってターンしてみせた。

弁当を食べ終えると、俺は中庭を見下ろし、いつも通りあるものを眺めてた。

「なにを見ておる？」

テンコに後ろから声をかけられ、あわてて振り向く。

「なんだよ、漫画は読み終わったのか？」

「読み終わってはまずいのか？　なんじゃなんじゃ、花粉で垂れた女子の鼻水でも見ておったのか」

テンコは窓をすり抜け、手で日よけを作り中庭を見渡す。

「違うよ！　どんなフェチズムだよ」

違うのだが、俺が見ていたものはテンコには知られたくなかったので、適当に嘘をついた。

「ほら、あれだよ。あれ見てたんだ」

向かいの校舎にかけられた垂れ幕を指さす。そこには『祝　青上新司《あおかみしんじ》オリンピック出場決定！　２００ｍ背泳ぎ・メドレーリレー』とあった。

「あの青上って人、うちの学校の卒業生なんだってさ。すごいよな。オリンピックだぜ」

「おお。あいつな。覚えておるぞ。高校の時の努力を見ていれば、さほど不思議ではない」

「もしかして卒業生全員覚えてるのか」

「確認したことはないから全員かは分からんが、大体はな。わしにとってこの学校の生徒は、我が子のようなもんじゃからな、相当に存在感がなくて目立たない地味～なやつでない限りは……」

言葉の途中で、テンコは俺を見て止まった。

「お主の事は頑張《がんば》って覚えておくようにするからな。安心しろ！」

テンコが胸を叩く。悪気なくこんな事が言える性格に、むしろ関心さえしてしまう。

「俺はお前の言う通り地味だけどさ。あの青上って人は高校の時からすごかったんだろ？　全国とか出て、賞とって。結局すごい人ってのは、高校の頃からすごいんだなあと思ってさ」

「その点、自分は冴《さ》えない上に、こんなところで一人で飯を食ってるダメダメなやつだなぁ。とか考えていたのか」

テンコは眉《まゆ》をひそめた。皮肉ではなく、本気で心配している様子だ。俺の頭をなでようと手を差し伸べてきたので、それを払う。

「そこまでじゃないけど、大体そんな感じだ」

「ふふふ。だが、それがそうでもないぞ」

テンコが意味深に微笑《ほほえ》む。

「去年までのお主はそうだっただろう。だが今年のお主は違う。なんせ七不思議の一つ、三年B組中崎くん！　なんだからな！」


テンコは黒板を叩きながら、まるで教師のように説明を始めた。

「七不思議とは幽霊であるがゆえに、お主ら人間には理解できない不思議な現象を起こすことが出来る」

「『花子』さんが黒い霧になって暴れまわるみたいにか？」

今でも彼女の姿を頭に浮かべると、手に汗《あせ》をかく。

「そうじゃ。まぁ、あやつは七不思議の中でも特に古株で、やることも派手だがな」

テンコの説明を聞いて安心する。あんな幽霊が山ほどいたのでは、この学校に通う生徒としては気が気ではない。

「とにかく幽霊によって起こされた怪現象を、お主ら人間たちが噂する。そうして、それが怪談になってゆくわけだな」

「って事は、俺にもなにかしらの怪現象を起こす力がついてると？」

「いんや。お主にはない。そもそもお主はまだ、ただの人間であろうが」

そうだ、仮に魂を登録しているだけだった。

「その代わりに！」

テンコの声がひときわ大きくなった。

「他の七不思議の力、お主に貸してやろうではないか。これが前言った、七不思議を担ってもらう見返りじゃ！」

テンコの人差し指が俺の額に向けられる。

「貸す……？」

「前も言ったように他の七不思議には意志や人格というものはない。あくまで魂の欠片じゃからな。そんなやつらに代わって、お主が力を使うタイミングを判断し、指示してみい」

「そんなことできるのか？」

「七不思議を司るわしができると言っておるのじゃ。できるに決まっとろう」

「俺が力を借りて、怪現象を……？」

戸惑《とまど》う俺にテンコは続けた。

「ただし！　立場は対等。あくまで指示するのみ。七不思議の機嫌を損ねたり、嫌われていれば、シカトされるだけだからな」

「人格がないのに嫌われるのか？」

「魂の欠片として残ったものが、もとの魂の理念や、想いであったなら、それは本能として残る。幽霊となった魂の欠片たちは、普段その本能に従って行動しておるわけじゃ」

「魂の本能……」

事故で死んだ人間の魂がその場に残り、同じ道を通るドライバーの前に現れて、事故を未然に防ぐような行動をとる。そんな怪談話を記憶から掘《ほ》り起《お》こす。

テンコは袂から、先日俺に見せた紙をとりだした。七不思議のリストだ。

「そうだな。わしとお主自身を除いた、五つの不思議の力を使えるわけじゃが、最初はこれが分かりやすいかの」

テンコは胸元からなにやら取り出し、俺に投げた。あわててキャッチする。

「これって、携帯……。ってことは」

「そう、『呪いのメール』じゃ」

清城高校七不思議

『呪いのメール』

ある女生徒の元にメールが届く。

そのメールは登録していないアドレスからのもので、ある日付が書いてあった。

女生徒はいたずらかと思い無視する。

しかし、そのメールはそれから毎日、多い日には一日に何百通も送られてくる。

アドレスを変更《へんこう》しても、携帯を替えても、そのメールは届く。

女生徒は携帯を持つことをやめた。

これで安心だと思った矢先、女生徒は不慮《ふりょ》の事故で死んでしまう。

その日は、送られてきたメールにかかれていた日にちだった。

……という話なんじゃが」

テンコは雰囲気たっぷりに『呪いのメール』の怪談を話してくれた。

「な、なんだよ。そんな恐ろしいもん操りたくないぞ」

テンコに渡された白い携帯電話を、二本指でつまむ。

「ぞんざいに扱《あつか》うでない。その携帯の中には人の魂が入っておるのじゃ。敬意を払《はら》え」

「そうなのか？」

俺は携帯を両手で持ち直す。

「魂の欠片は、生前執着《しゅうちゃく》を持っていたものや場所に宿るのじゃ。生きていた時、携帯での繋《つな》がりに支えられておった者の魂の欠片が、そこには宿っておる」

一応携帯に向かって謝る。そんな俺を確認してから、テンコが説明を続けた。

「といってもこの怪談は、大分《だいぶ》尾《お》ひれがついたものでな、実際のところは、学校の中にある携帯にメールを送ったり、中身を見たり出来るだけじゃ」

テンコはさらっと言ってのけた。

「それって、全校生徒の携帯ハッキングし放題ってことか？」

「はっきんぐ？　その言葉は知らんが、まぁ多分、そういうことじゃ。ただし！　あまりにもひどい悪用はわしが許さんぞ。その時は力を返してもらうことになる」

手元にある白い折《お》り畳《たた》み式の携帯を眺める。それは、どことなく普通のものよりも軽い気がして、無気味であった。

「あ、お主くらいになるとその携帯はなじみが薄いかの。こうな、パカッとするのじゃ。パカッと」

テンコが親切にも動作付きで説明する。

「それは分かってるよ。そもそも俺だってまだ折り畳み式だ」

クラスメイトの中にはスマホに機種変更している者もちらほらいるが、俺はもし仮に使いにくかったら、すぐ壊してしまったら！　俺の指では反応しなかったら！　と高校に入ってから、一度も携帯を変えていない。

「とにかく試しに使ってみぃ。呪いのメール！　百聞《ひゃくぶん》は一見《いっけん》に如《し》かずじゃ」

「試しにって言われても……」

窓から中庭を見下ろす。

「できれば名前を知っている者の方がよいな」

「じゃあ……いやまて」

言いかけてやめる。

「これ一回使っちゃったら、今年で七不思議やめらんなくなる。とか言わないだろうな」

「はっはっは！　お得意の心配病か。そんな詐欺師《さぎし》みたいな真似《まね》せんわ」

テンコは腹から笑って、俺の懸念《けねん》を一蹴《いっしゅう》した。

「……じゃあ例えば、あそこでご飯食べてる女の子の携帯でも見れるのか？」

俺は中庭のベンチに座る一人を指さした。

「ほう、可愛い女生徒を選んだのぉ」

テンコは片方だけ口角を上げた。

「なんだよ。その顔は。他意はないよ。今年初めて同じクラスになったばっかりのうちの保健委員なんだよ。名前は、確か朝倉《あさくら》さんっていったかな。出席番号一番だったし」

「それだけ分かれば充分じゃ。その携帯の連絡帳を見てみろ」

「連絡帳……？」

「えっと、なんていうんだったかの、あれじゃ、あのー」

「アドレス帳？」

「そうそれじゃ」

白い携帯を開き、アドレス帳を開く。そこには大量の名前が登録されていた。

「それが今現在、学校内にある携帯の一覧じゃ。朝倉を探してボタンを押してみろ。

クリックじゃ」

「これはクリックとは言わないんじゃないか？」

五十音順に並んでいたので、朝倉さんはすぐ見つかった。選択《せんたく》すると、画面に可愛らしい猫の画像が現れた。

「それであの娘の携帯と、この携帯が繋がった」

この猫の画像は朝倉さんの待ち受け画面だろうか。携帯を操作して受信ボックスを開き、メールの一覧をスクロールしていく。同じ苗字《みようじ》から送られたメールがある。家族からのものだろう。他にも友人の名前らしきものがあった。本当に俺は、彼女の携帯を覗いているらしい。

「う……、これメールの中身まで見たら完全に犯罪だな」

呪いのメールの力を実感して、手に変な汗をかく。

「そう思うならもう使わなければいい。それはそれで、お主の自由だからな」

テンコに促《うなが》され携帯を閉じようとした。しかし、あるメールが目に止まった。連絡先に登録していないのか、送信者の欄《らん》にアドレスだけが表示されたメールが何通も届いている。

「あれ？　これ全部ここ数時間で送られて来てる。ダイレクトメールかなにかか……？」

「ダイレクトメール？」

テンコが首をかしげている。

「企業《きぎょう》からくる広告メールっていうかなんというか……見せた方が早いか──」

軽い気持ちでそのうちの一通を開く。

表示された文面に、俺はテンコと共に息を飲んだ。

「なんだ、これ……」

そこには屈折《くっせつ》した彼女への愛情と、誹謗中傷《ひぼうちゅうしょう》が書かれていた。長い文の最後では「君の綺麗《きれい》な顔に傷をつけたい」と犯罪をほのめかしている。同じアドレスから送られている他のメールを開く。何通開いても全てに同じような内容が書かれていた。彼女を盗撮《とうさつ》した画像が添付《てんぷ》されているものもある。それだけにとどまらず、彼女の写真を燃やしている動画や、モザイクで自らの顔を隠《かく》した送り主が、現像された彼女の写真に舌を這《は》わせている映像もあった。

俺は吐《は》き気《け》がして、とっさに携帯を閉じる。

「これは笑えんの」

テンコがそう呟《つぶや》いた。

「知ってる？　中庭の桜が、卒業式の日に一本だけ散ったんだってさ。一晩で」

「聞いた聞いた。なんかおじさん達が調査に来てたよね。病気じゃないかって」

「多分病気じゃないよね。今はもう葉っぱ生えてきてるしさー」

廊下を通り過ぎる女生徒達の会話が聞こえてくる。

太陽は沈みかけていて、教室の中はオレンジ色になっていた。数人の鞄が机の上に置いてあるだけで、教室には俺しかいない。

「お、来たぞ」

廊下から壁をすり抜けて入ってきたテンコが、俺に向かって声をかけた。テンコの合図で膝を床につけて、何かを探すフリを始める。しばらくすると教室の扉が開いて、朝倉さんが入ってきた。

放課後に保健委員の会議があることを知った俺は、彼女が鞄を取りに戻るのを待ちかまえていた。「普通に話しかければよかろうが」テンコは簡単にそう言ったが、面識のない異性に自ら話しかける勇気は俺にはない。せいぜい芝居《しばい》をうって、注意を引くのが精一杯だった。

「あれ、どうかしたの？」

机の隙間から這《は》い出《で》てきた俺を見て、朝倉さんが親切に尋《たず》ねてくる。

「えっと、コーショーを落としちゃって……」

何度も心の中で練習した台詞《せりふ》を口に出す。しかし、それでも棒読みだったのだろう、テンコは呆《あき》れたように、顔を手で覆《おお》った。

「コーショー？　あぁ、校章！」

朝倉さんは、棒読みでおかしくなったイントネーションを正してくれた。

「教室で落としたの？」

「多分……」

さっき自分で外して、教卓《きょうたく》の下に置いた。

「そっか」

相槌《あいづち》を打つと、朝倉さんは膝を床につけて俺と同じ体勢をとった。迷いなく行われたその動作に、俺は一瞬戸惑う。

「あの、えっと……」

「なに？」

朝倉さんが俺の顔を見る。彼女の膝が床と接して汚れていく。

「えっと、……ありがとう」

彼女から目を反らして言った。自分がとても卑怯《ひきょう》なことをしている気がして、心臓がチクチク痛む。

たっぷり探す予定だったのを早々に切り上げて、自らの手で校章を拾った。

「あった！　ありました」

白々しく俺が報告すると、朝倉さんは笑いながら立ち上がった。

「あった？　よかった」

彼女は膝についた埃を払う。それでもまだ、タイツやスカートは所々灰色になっている。

「えっと、ごめん。」

なにを謝られたのか分からないのか、彼女は困ったように微笑んだ。

「ごめんじゃなくて、ありがとうって言ってよ」

「あ、うん。ありがとう」

「どういたしまして」

朝倉さんは少しはにかんでから、自分の席へ向かい鞄をとった。俺は電池が切れたように、ぼーっとそれを見ている。

「おい、帰ってしまうぞ」

耳元でテンコに囁《ささや》かれて、やっと俺は口を開く。

「あ！　あの！」

呼び止められて朝倉さんは振り返った。次の言葉を待っている。

「えっと、助けられた、から、お返し、する！」

「日本語覚えたてかお主は」

テンコが後ろでまた呆れた。

「校章探してくれたから、もし、何か困ってることがあったら、教えてよ」

彼女は斜《なな》め上《うえ》を見て考え込んだ。

「困ったことかー」

「うん。なにか、ない？」

俺の頭を、あのメールの文面がよぎる。

「特にはないかな。ぜっこーちょーです！」

彼女はピースサインを作った。

「何か困ったら相談するね」そう言い残して、朝倉さんは帰っていった。

しばらく俺は、そこに立ったままでいた。

「テンコ。一応、あくまでも参考に聞くだけなんだがな」

「なんじゃ、はよ言え」

「他の七不思議は、どんなことができる？」

●

清城高校七不思議
『赤目の鳥』

昔、この学校には今よりも大きな鳥小屋があった。

その鳥小屋の中で、ある日一羽の鳥が死んでいた。

飼育委員の一人は「病気かな」「他の鳥にいじめられたのかな」そう言った。

しかし、残された鳥達は知っていた。

その飼育委員が殺したのだと。

その鳥の目が真っ赤であったことが気に入らなくて殺したのだと。

生活のストレスをぶつける為に殺したのだと。

八つ当たりをして殺したのだと。

その日から他の鳥の目も赤くなった。

血の様に赤い目で鳥たちは飼育委員を見つめた。

学校中の鳥が赤い目で飼育委員を見つめた。

ずっと見つめた。

常に見つめた。

その飼育委員が学校をやめる最後の時まで、鳥たちは見つめ続けた。


「で？　その話はどこからどこまでが尾ヒレなんだ？」

俺は校舎裏の鳥小屋の前にいた。

「これは全部本当じゃ」

「そうなのか？」

鳥小屋に伸ばしていた手を止める。鳥小屋の中の数羽と、目が合ったような気がした。鳥小屋から漂《ただよ》う、ねっとりとした匂《にお》いが鼻に入る。

「いつの時代にもひどい人間ってのはいるんだな」

俺は鳥小屋のエサ窓を開けて、その中にさっき買ってきた鳥のエサを入れる。鳥小屋の中の小鳥達が一斉《いっせい》にエサいれの周りに集まり、我先にとついばみ始めた。

「で？　あんたの指示通りお供え物とやらはしたぞ。これでどんなことが出来るんだ？」

「そう話を急ぐな。アカメが食べ終わるまで待ってやれ」

「は？　アカメってのは、さっきの話に出てきた殺されちゃった鳥の事だろ？　七不思議の」

「だから、そのアカメが食べ終わるのを待て」

俺はエサをつついている鳥たちを見る。その中にいる深い緑色をした一羽の鳥は、目が真っ赤だった。

「え、アカメって、まさか、こいつ？」

「こいつ呼ばわりするでない。七不思議の先輩だぞ」

「いや、だって、こいつ幽霊？　だって、普通に飯食ってるけど……」

俺は鳥小屋の網《あみ》にかけられた、六羽の鳥たちの名札を見る。

ピーチ　六朗《ろくろう》　青ちゃん　ビリー　村上《むらかみ》　アカメ。

「ほら見ろ、飼育委員が名前の札まで作ってる」

反論するが、テンコは表情を崩すことなく言葉を返してくる。

「どの幽霊もコソコソと隠れているわけでない。こうやってこの世に溶け込んでおるものもおる」

「いやでも……」

目の前で食事をし、名前をつけて飼われている鳥が、幽霊だとは思えなかった。俺の幽霊の概念《がいねん》からは大分ずれている。

「周りから認識され、ごく普通に生活に溶け込む。そんな魂のあり方もあるのじゃ。学校の資料にもちゃんとアカメの名は記されておるぞ。いるけどいない。いないけどいる。不思議じゃろ？」

目をこすってみるが、見える光景は変わらず、アカメはやはりそこにいる。

「いるけどいないって……、でも例えば、十年前に卒業した奴《やつ》が帰ってきたりしたら、さすがに不審《ふしん》に思われるよな。鳥ってそんな長生きしないだろ」

「機会があったら実際に学校を卒業した者に聞いてみろ。学校で飼っていた鳥は五羽だった。そう答える。そういう記憶や資料のつじつま合わせも、わしの仕事じゃ」

「つじつま合わせ……」

「お主たち人間が思っておるより、この世界は意外とあやふやだったりするのじゃ」

「いるけどいない、いないけどいる……」

テンコに説明されても納得がいかず、さらに反論しようとした時、俺の肩にアカメが留まった。

「え……？」

俺は鳥小屋の網を確認する。扉も閉まっているし、どこにも穴など開いていない。

「もしかして、こいつ、今すり抜けた？」

俺の肩の上でアカメが小刻みに動く。その度にくすぐったいような重みを感じる。

「そりゃ、すり抜けもする。幽霊なんじゃからな」

恐る恐る指を伸ばしてなでると、そこには確かに羽毛の感触《かんしょく》があった。

「網をすり抜けたり、でも、触《さわ》ってなでられたり……」

「そこらへんは気分次第じゃ。わしだって、そうであろう？」

確かに、テンコも時に物を持ったり、壁をすり抜けたりしている。

「あまり幽霊に道理を求めるでない。人間の常識など、はなから通用せんのだから」

テンコに説明されてもアカメの存在を受け入れかねていた。しかし、アカメの能力を目《ま》の当《あ》たりにすると、やはりこいつも幽霊なのだと認めざるを得なかった。

「うわ！　すげ。完全に監視《かんし》カメラだな」

俺は今、鳥小屋の前にいながらにして、校庭で部活道具の片づけをする生徒達を見ている。

アカメに頼む。学校内のどこどこを見たい。様子を知りたい。そう念じると、校内のその場所に一番近い鳥の視界と、俺の視界がリンクする。鳥の見ている景色が、まぶたの裏に映るのだ。

「単純な指示ならアカメを通じて鳥達に出せる。アカメはここいらの鳥たちのリーダーみたいなもんじゃからの。あ、ただタカの連中とは、仲は悪いらしいそうじゃが」

テンコはアカメと話してきたかのような口調だった。

「よし、この力を使って、出来る範囲で朝倉さんの周囲を見張ろう。犯人は校内で盗撮もしてるし、見つけられるかもしれない。基本的には、本人、下駄箱《げたばこ》、教室くらいか……。あとは……、女子更衣室《こういしつ》……？」

「悪用は許さんぞ」

「いや、あくまで防犯だよ！　一番危険な……」

「悪用は許さんぞ」

テンコの視線が鋭《するど》く俺に突《つ》き刺《さ》さる。今までで一番幽霊らしい表情だった。

アカメの力を借りても、すぐには犯人を見つけられなかった。一週間ほど監視を続けてきたが、何の成果も得られない。

時に滑空《かっくう》する鳥の視界に酔《よ》ってトイレに駆け込み、時には視界の中で昆虫《こんちゅう》のフルコースが展開されてトイレに駆け込んだ。それでも実際に俺がやっている作業は、目を瞑《つむ》って座っているだけなので、体力的に疲れるという事はなかった。


特に成果もないまま、今日も空き教室にいた。アイマスクをして椅子に座り、足を投げ出す。肩に乗ったアカメが、時々思い出したかのように小刻みに動いた。

「放課後にこうしていると、なんだか部活のようじゃな」

テンコの声は楽しそうだった。

「ただ目を瞑っているだけの部活ってなんだよ。お前は本読んでるだけだし」

今日は週刊誌を拾ってきていた。漫画以外も読むらしい。

「下駄箱異常なし、教室も異状なし。嫌がらせはメールだけなのかな」

アカメに指示を出して、鳥の視界を数分置きにローテーションする。朝倉さんは既に下校しているので、今日は定点観測だけだ。下駄箱はスズメ。教室を監視しているのはメジロという鳥らしい。

「しかし、あの朝倉というおなごは、中々に器量がいいな」

テンコは窓の外を眺めている。

「この一件からわしも気にして見てみたが、授業は真面目《まじめ》に受けておるし、慕《した》う友人も多いようじゃ。目立つほうではないが美人だしの。ま！　わし程ではないがな」

テンコは自分の赤い髪を自慢《じまん》げになびかせているかもしれない。もう少し口調が上品なら、良家のご令嬢《れいじよう》のようにも見えなくもないのだが。

「はいはい、そうだな」

「はっは。よせよせ。照れるではないか」

声を聴《き》く限り本気で照れている。

「ちなみに朝倉が美人でなくとも助けたか？」

その問いかけに、俺は思わずアイマスクを外してテンコを見る。視界が雑多な教室の景色に戻る。テンコは並べた机をベッド代わりにして、その上に横になっていた。

「どういう意味だよ」

「深い意味はない。ただお主らしくないと思っての」

テンコは雑誌に視線を落としたまま、こっちを見ずに続けた。

「俺らしいってなんだよ」

「心配病じゃ。無意味なことまで心配しまくるではないか。例えるなら石橋を叩き続けて、いつまで経《た》っても渡ろうとせんタイプじゃろ？」

的確な指摘《してき》に、俺は口ごもる。

「うるさいな。その方が利口だろ。どこにでも落とし穴はあるんだ」

車に乗らなければ事故は起きない。戦わなければ負けない。

「利口かもしれんが、幸せかは分からんな」

テンコは雑誌を閉じて俺を見た。

「別に俺はそれでいいんだよ」

「諸行無常じゃな」

「諸行ってどういう意味だよ」

「知らん」

「じゃあ、無常は？」

テンコは少し考えてから答えた。

「人生はどうやっても百点満点にはならんってことじゃ」

「なんだそれ」

その時、肩のアカメが俺の頬《ほお》をつついた。

「痛っ、なんだよ、パンくずならもうないぞ」

アカメはやきもきするように、もう一度俺の頰をつついた。

「もしや、なにか見つけたのではないか？」

テンコが声を尖らせた。俺は目を瞑って、まぶたの裏に下駄箱の景色を映す。

朝倉さんの下駄箱の前に、男が立っていた。

「アカメ！　この鳥に近寄るように言ってくれ」

視界が男の顔を確認できる角度に移動する。男は周りを気にした後、下駄箱に何かをいれた。

「テンコ。行くぞ」

俺は椅子から立ち上がった。


朝倉さんの下駄箱を確認すると、中には彼女を盗撮した写真がいれられていた。彼女の顔の部分には、カッターで幾重《いくえ》にも傷が入れられている。

俺は携帯を取り出した。自分の物ではなく、七不思議の携帯だ。

「ふ、へ……」

呟きながら画面をスクロールする俺を見て、テンコが聞く。

「さっきの男は顔見知りなのか？」

「あぁ。堀田《ほった》だ」

堀田。下の名前は知らない。同学年の素行《そこう》がいいとは言えない生徒だ。髪を染め、ピアスをしている。自分より体格の小さい者を人間的に劣《おと》っていると決めつけ、思い通りにならない相手には、躊躇《ちゅうちょ》なく手を出す。そういう男だ。数回校内で暴行事件を起こし、停学処分をくらっている。

「一年の頃同じクラスで……あった」

堀田の名前を見つけて、やつの携帯と呪いの携帯を繋げる。知らないパンクバンドの画像が待ち受けにしてあった。

堀田の送信したメールを確認する。そこには俺たちが見つけたもの以外にも、たくさんのメールが残されていた。送られてきたそれらを、朝倉さんは必死で消去しているのだろう。

「ビンゴだな」

「さて、どうする？」

テンコは下駄箱の上に腰掛けて、俺を見下ろしている。

「心配性の七不思議よ。お主はどうするのじゃ？」

「どうするって……。そりゃなんとかしたいけど……」

もし仮に堀田に返《かえ》り討《う》ちにされたら？　余計なお世話だったら？　頭の中をたくさんの心配がじわじわと広がる。

「〝なんとかしたいけど〟そう言った時点でお主の心は決まっておるということであろう？」

彼女の視線が俺に真っ直ぐ向けられる。

心臓が熱くなっているのを感じた。奥歯をきつく嚙《か》みしめる。

堀田が下駄箱に写真を入れた時、俺はやつの表情を見た。写真に軽く口づけをして、あいつは笑ったのだ。必死に耐《た》えて、気丈《きじょう》に振舞う朝倉さんに悪意を浴びせて、歪んだ笑顔を浮かべていた。

「どうすれば、いいかな」

振《ふ》り絞《しぼ》るように言った俺を見て、テンコが笑った。

「心配するな。今のお主には、わしらが憑いておる」

清城高校七不思議
『零界の吐息』

ある日、三人の生徒が肝試《きもだめ》しに集まった。
夜の学校を歩く途中、一人が自分の首に風がかかるのを感じた。
——風が吹いたな
そう言うが、他の二人は気付いていない。
——風なんて吹いてないだろ
——何馬鹿なこと言ってんだよ。建物の中だぜ
歩き出すと、また風が彼の首をなでる。
——ほらまた！
他の生徒は気付かない。すると彼の耳元で声がした。
——ごめん。多分それ僕の吐息だ。君のすぐ後ろを歩いているから。

その声を聞いた者は魂を吸い取られ、霊界《れいかい》に連れて行かれてしまうという。

堀田の携帯を遡《さかのぼ》っていくと、あいつの動機が摑《つか》めてきた。

堀田は二年の頃、朝倉さんと同じクラスだったらしい。その時期に堀田は彼女とメールをやりとりしていた。朝倉さんとのメールは全て保護して残されていて、それらを読み進めると、堀田はメールの中で何度も朝倉さんをデートに誘《さそ》い、その度に断られていたことが分かった。朝倉さんのその対応は、やつの曲がったプライドをひどく傷つけたのだろう。そうして堀田は朝倉さんに悟られぬようアドレスを変え、彼女への嫌がらせを始めたのだ。

翌日以降、俺は堀田にメールを送り続けた。

『おれはミタ。オマエがゲタバコにいれるのを』

『おれはお前がやっていることをスベテ知っている』

などの文面を日に数通送る。その間も堀田は朝倉さんに嫌がらせを続けていたが、彼の携帯を見ると「最近誰かに俺のアドレス教えたか？」と友人に探りを入れていた。

俺はさらにメールを送り続けた。

『オレタチはミテイル、いつもミテイル』

『お前がチコクするのを、生徒からカネをウバッテイルノヲ、いつもミテイル』

アカメの能力で得た情報も時に織り交ぜる。やがて堀田は周りの人間を警戒したのか、一人で行動することが多くなり、ついにはアドレスを変えた。

「さて、そろそろ仕上げじゃな」

テンコはそう言った。

「俺が直接会う？　あいつと？」

「そうじゃ、流石にメールをちまちま送りつけてるだけではなにも変わらんぞ。事実やつは朝倉への嫌がらせをやめてはおらん」

昼休み、いつもの空き教室でテンコと作戦を立てる。中庭では朝倉さんが食事をしていた。

「そりゃそうだけど、もし殴り合いにでもなったらどうするんだよ。喧嘩なんて俺したことないぞ」

「やってみたら天才的な喧嘩の才能があった。という展開をこの前漫画で見たぞ」

「俺にそんなもんあると思うか？」

袖をまくって自慢の細腕《ほそうで》をテンコに見せる。

「まぁ、それは冗談《じょうだん》としてだ」

「冗談なのかよ」

「そんなお前でも、なんとかなるやもしれんぞ」

テンコは人差し指を黒板に滑らせた。指の軌道《きどう》の埃がとんで、文字が浮かびあがる。

『零界の吐息』そう書かれていた。


放課後、俺は第二校舎へ向かった。人気のない四階のトイレで堀田がタバコを吸っているのを、アカメを通じて確認していた。

トイレに足を踏み入れる。タバコと芳香剤《ほうこうざい》とが混ざった匂いがひどく不快だ。

窓際でタバコを吸っている堀田に声をかける。

「タバコは校則違反だよ」

振り返った堀田は、俺の格好を見て眉をひそめる。それもそのはずだ。俺は百円ショップで買ってきたウルトラマンのお面をつけているのだから。

「は？　正義の味方ごっこならよそでやれ。消えろ」

「近頃《ちかごろ》、変なメールが来るでしょ？」

堀田は体ごとこちらに向き直った。

「まさか、あれてめぇか」

堀田は煙草《たばこ》を適当に投げ捨てると、こちらに向かってきた。ただでさえ大きな堀田の体が、さらに大きく見える。

「なんのつもりなんだよ！　あぁ!?」

気づいた時にはもう胸ぐらを摑まれていた。

かかとが持ちあげられて踏ん張りがきかなくなる。

「ふ、ぐっ」

喉《のど》に襟《えり》が食い込み、言葉を発せなくなる。『花子さん』と対峙《たいじ》した時よりもリアルな恐怖に足がすくむ。

「なんか言えやこら！」

――堀田が近くまできたらこうしてみよ。

俺はテンコに教わった事を行動に移す。自らのお面を少し上げ、胸元をがっちりつかんでいる堀田の手に向かって、肺の中の空気を全て吹きかけた。

「なん……あ？」

堀田の手から力が抜ける。そのまま堀田は膝から崩れ落ちた。

「し……死んでないよな？」

目を瞑って横たわる堀田の体を、指でつつく。

「この力は息を吹きかけた相手の意識を奪うだけじゃ。殺すことはない」

堀田が動かなくなっても鼓動《こどう》は早いままだった。落ち着こうとする意識が追い付かない。

「息が届く範囲というのはたかがしれておるし、意識を奪えるのはほんの短い時間じゃ。今の勢いでも、五分くらいしか寝かせておけん。だがこれがあれば、とっくみあいになってもボコボコにされることはないであろう」

俺は浅く呼吸を繰《く》り返《かえ》す。自分の息が毒かなにかになったような気がして、正直気分はよくなかった。

「で、これからどうする？」

「どうするってなにがじゃ？」

「え？　あんた何か狙《ねら》いがあって堀田の前に出てきたんじゃないのかよ」

「違う違う。七不思議が一つ『零界の吐息』の力を見せたかっただけじゃ。すごかったじゃろ？」

テンコは満足気に歯を見せ笑っている。

「俺は何かあんたに作戦でもあるのかと……」

「そんなものないわ！　そういうのを考えるのが、わしは一番苦手じゃ」

イライラを拳にのせてぶつけてやろうとも思うが、相手は幽霊なので意味がない。

「わしに頼り切ってどうする。朝倉を助けたいのはお主じゃぞ。わしら七不思議はお主に力を貸すだけじゃ。その力の使い方はお主自身が考えろ」

突き放した物言いだったが、間違ったことは言っていない。

「その心配ばかりの思考回路を、少しは他の事に使ってみたらどうじゃ」

気を失った堀田を眺める。いつ目覚めるかも分からない堀田を前に、俺は未《いま》だに足がすくんだままだ。

「俺は……ん？」

堀田の制服のポケットから銀色の物がはみ出している。

「なんじゃそれ？」

「デジカメだ。これで盗撮してたんだ」

俺はデジカメを眺めながらしばらく立ちすくんだ後、ポケットからペンを取り出して、破ったトイレットペーパーに文字を書き込んだ。

『証拠《しょうこ》のカメラ　返してほしければ今夜十二時、お前の教室に来い』

何か所か筆圧で破れた紙を堀田の上において、俺はトイレを離れた。

「テンコ、あんた言ったよな」

「なにをじゃ？」

「お化けは驚かすのが仕事だって」

「言ったような気がするのぉ」

「お化けらしくいこう。俺も今は七不思議だしな」

「ふん、いい顔つきになっておるな。ただのお主よ」

「なんだ？」

「堀田が大勢仲間を連れて来たらどうする？」

俺はあわててトイレに戻って『一人で来い』と書き足した。

●

清城高校七不思議
『十三階段』

昼に上ると十二段。夜に上ると十三段。

そんな階段がこの学校にあると、誰かが言った。
数人の生徒がそれを確かめようと夜中、学校に忍び込んだ。
噂の階段を生徒が登ると、昼は確かに十二段だった階段が、確かに一つ増えていた。
——数え間違いだろ？
馬鹿にした他の生徒も数えたが、やはり階段は十三段。
生徒たちは恐怖におののき、学校から走って逃げ出した。
——本当に増えてた。本当に階段増えてた。
——おかしい。おかしいぞ。
——そうだよな。ありえないよな。
——そうじゃない。おかしいんだ。
——俺ら確かに八人で来たよな？
——ああ。
——おかしい。何度数えても、七人しかいないぞ
——数え間違いだろ？

「約束の時間はまだか？　まさか逃げたわけではあるまいな」

テンコが待ちきれない様子で聞いてくる。さっきも袖をパタパタさせていた。

「さすがに証拠握られてたら、逃げらんないだろ」

もうすぐ約束の時間だ。今日は月の光も薄く、学校からは何の音もしない。

そんな中、三年Ｄ組の扉が勢いよく開いた。

「来た……！」

呟くが、俺の声は堀田には聞こえない。俺はアカメの力で、離れた場所から教室を見ているからだ。

「一人で来たの」

「まぁ、堀田だって自分のストーカー行為を周りに知られたくないだろうし、そりゃ一人で来るさ」

と言っても実際に確認するまで、俺も心配でしょうがなかったが。

「なんにせよ、これで作戦を始められる」

堀田は眉間《みけん》に深い皺《しわ》を刻んだまま、教室の中を歩き回り、あたりをうかがっている。

俺は大きく息を吸ってから、ゆっくりと吐きだす。「落ち着け。予定通りに」そう自らに言い聞かせる。朝倉さんの顔が一瞬頭をよぎった。

「よし、テンコ。電話だ」

呪いの携帯の発信ボタンを押す。しばらくしてから堀田の携帯が鳴った。

『てめぇか？』

アカメの視界のなかで、堀田が携帯を取り出した。俺は反応を返さない。

『お前なのか！　あ？　どこにいやがる！』

恫喝《どうかつ》がスピーカーから響く。音が割れて、鼓膜《こまく》がわずかに痛くなる。

『なんとか言えや！』

堀田の声がさらに大きくなった。俺は口を開く。

「俺はこの学校の七不思議の一つ。三年X組、匿名《とくめい》希望だ」

『あ？　ふざけてんのか！』

「お前さ、幽霊っていると思うか？」

『意味不明なこと言ってんじゃねぇぞ！　さっさとカメラ返しやがれ！』

「いるんだよ。いつもお前のことを見ている。生きるに値するか確かめてる」

堀田は電話しながら、教室の中をきょろきょろと見回す。

『いっちゃってんのかてめぇ。いいから出てこいよ』

「分かった。いいよ。窓から下を覗いてごらん」

俺は目を開いて、アカメからの視界を切る。そして、自らの目で上を見上げた。校舎の一番上。四階の教室から、堀田が顔を出した。

「てめぇか！」

校舎の下にいる俺を見つけて、堀田が叫んだ。お面を被っている俺の顔は、あいつからは見えない。

「やあ」

俺は最上階の堀田に大きく手を振って見せた。

「そこ動くんじゃねぇぞ！」

大声で叫んで、堀田は教室に戻った。電話はまだ繋がっており、耳にあてたスピーカーから教室の扉が開く音がした。

「もしもし？　聞こえてるか？」

『逃げんじゃねぇぞ！　ぶっ殺してやる！』

堀田の言葉が時折り途切《とぎ》れる、廊下を全力で走っているのだろう。俺はその場で堀田を待ったまま話しかける。

「『十三階段』ってのを知ってるか？　真夜中に校舎の階段を登ると、一段増えているってやつ」

堀田からの返事はない。

「あれさ、階段が増えてるんじゃなくって、階段の霊が、人間に数え間違いをさせてるんだそうだ」

『うるせぇんだよ、黙《だま》ってやがれ!』

堀田の声の後ろから、叩きつけるような足音がする。

「しかも、この幽霊。段数に限らず、人間の数の認識を強制的に少しだけずらせるんだ。分かるか? 〝数え間違う〟んだよ」

階段を下り始めたのか、電話から聞こえる足音がドラムロールの様に小刻みになる。

「例えば、階数とか」

足音の調子がまた変わり、教室の扉が開く音がした。その音は電話からでなく、直接俺の耳に届く。

「俺の所には教室突っ切って窓から出るのが最短距離だろうけどさ」

堀田が机をかき分けて走る。

「そこ、ホントに一階?」

堀田が窓から飛び出してきた。ただし、二階の窓から。

あるはずのない地面との距離を見て、堀田は教室に引き返そうとするが、彼の体は既に落下を始めていた。

「う……！」

悲鳴を上げる間もなく、堀田は植え込みに、背中から突っ込んだ。

電話を切って、堀田に近付く。堀田は痛みと驚きに呻《うめ》きながら、植え込みの上で仰《あお》向《む》けになっている。

「なんだ、なんなんだ、てめぇは……！」

堀田は必死に言葉を絞り出すが、声に力はない。

「だから言ったろ。幽霊だよ。腐《くさ》った人間が大嫌いな」

堀田は立ち上がろうともがくが、体重をかける端《はし》から植え込みの枝が折れ、堀田の体は沈んでいくだけだった。

「は？　そんな、ふざ、けんな」

「この学校の七不思議はいつもお前を見ている。生きるに値するか」

アカメやその他の鳥が、一斉に俺の周りで羽ばたく。何十羽という鳥の羽音は、雷《かみなり》のように耳の中で弾《はじ》けた。

「もしお前が生きる価値もないほどのクズならば、俺たちはすぐに迎えにいく」

堀田の頭の上で鈍《にぶ》い摩《ま》擦《さつ》音《おん》が鳴り、空中の空間が割れていく。重力を無視して、地面と平行にトイレが現れた。

「なんだ、なんだありゃあ！」

黒い霧となった花子さんがトイレから飛び出し、俺と堀田の周りを竜巻《たつまき》のように包囲していった。

「はっ……ひっ……」

彼の声はもう、言葉の体《てい》をなしていない。更《さら》に俺は堀田に近付く。

「くるな、さわるな！」

「分かったか？」

「ひっ……！」

堀田の胸ぐらに両手を伸ばし、思い切り摑む。

「最後の一年を呪われて過ごしたくなかったら！　大人しくしておくんだ！」

「あぁあああぁ！」

俺は堀田の顔面を引き寄せて、息を吹きかけた。

その途端、堀田は白目をむいて気を失った。力が抜けた彼の体は、さっき以上に植え込みにめり込んだ。

「はっはっはっは！」

テンコがいきなり上げた大きな笑い声に、俺は肩をびくつかせる。

「見事だ！　見事だ！　いいもの見せてもらった！」

テンコが大きな声で笑いながら、ゆっくりと拍手をしていた。俺は被っていたお面を外し『花子さん』に戻るように促した。黒い霧は少女の形をとり戻すと、小さく手を振ってからトイレに戻っていった。

「いやー、今すぐ正式に七不思議にしてやりたいほどだ。爽快《そうかい》爽快！」

上機嫌《じょうきげん》のテンコを尻目《しりめ》に、大きく息を吐く。俺はその場にへたりこんだ。

「勘弁《かんべん》してくれよ。こんなこと何度も出来るかよ。あーすげーひやひやした。超怖かったー」

今になって手が震え始めていた。力が入らず、うまく汗を拭うことも出来ない。

「おいおい、七不思議が逆に怖がってどうするのだ」

「うるさい。怖いもんは怖い」

もし仮に俺がミスしたら、もし仮に堀田が予定通り動かなかったら。何度も何度も失敗するイメージが横切った。

「でもやりとげたではないか」

テンコは俺の胸に拳を当てた。感触はないが、なぜかそこだけ温かくなっているように感じた。

「偶然《ぐうぜん》とはいえ、お主を選んでよかったわ。こんなビビりの七不思議、前代未聞じゃがな」

「お前な！　褒《ほ》めたいのか、馬鹿にしたいのかどっちなんだよ！」

「お前？」

しまった。あまりにもくだけすぎただろうか。

「お前か！　はっはっは！　〝あんた〟などと呼ばれるよりもよっぽど落ち着くな！」

満足そうに笑うテンコを無視して、体に残った緊張《きんちょう》と恐怖を吐き出す為に、俺はもう一度大きく息を吐いた。

●

数日後、堀田は新しい携帯を買ったようだが、そこから朝倉さんにメールは送られていなかった。

事件が解決したのはなによりなのだが、テンコは退屈《たいくつ》になってしまったと、駄々《だだ》をこねるようになった。そんなテンコの為に今日は花札を持参した。

「自分が助けたと言えばいいではないか、朝倉に。お、こいこいじゃ」

「言うって、どうやってだよ。携帯勝手に見て、気付いて、勝手に世話焼きましたっていうのか？」

それこそ、もし仮に変態と思われたら！　犯人と勘違いされたら！　だ。

「はっは！　それもそうじゃな」

テンコは手札から目を離すと、窓の下を覗き見る。中庭では、今日も朝倉さんが友人と昼食をとっていた。前までグループにいなかった女生徒が二人ほど増えている。

「どうじゃ？　人助けもしてみるもんじゃろ？」

俺はなんだかよく分らない植物の描かれた札を出し、同じ種類の札を自分の方へと引き寄せる。

「人助けなんて大層なもんじゃないよ」

「素直でないの」

テンコも札を切る。桜の描かれた華《はな》やかな札を取っていった。小さく「わしの札じゃ！」と呟いた。

「まぁ、困ってることを知っちゃった以上はほっとけないだろ。それに……」

切る札を迷うふりをしながら、言葉を選んでから口にした。

「それに、前までだったら何もできなかったかもな」

「前まで？」

俺はあえて彼女からは目線を外した。

「心強い味方が憑いているから、できたってことだよ」

少し褒め過ぎたな。そう思った。案の定テンコは満足そうに腕を組んで笑った。

「あ、タネ。あがりだ」

テンコの笑い声が途切れる。

「なぬ！　くー！　またか！　たまには大きな役を狙ってみんか！」

テンコは手札を投げ捨てた。床に散らばった札を俺が拾う。

「お前がそうやって自滅《じめつ》してる所を見てるからな」

「つまらないやつめ！　もう一回だ！」

俺は束ねた札を、もう一度配置し直す。

「そうじゃ、次はなにか賭《か》けてみんか」

「賭けるって何をだよ。俺はお前から何を貰《もら》うんだ」

テンコはニヤリと笑うと一本指を立てた。

「秘密を賭けると言うのはどうじゃ？」

「秘密？」

「そうじゃ、勝った方に、負けた方は秘密を一つ打ち明けるのじゃ！」

「いいよ。そんなのやらなくて」

俺は自分の手札から、最初の札を場に出す。

「わしの秘密、聞きたいとは思わんのか！」

「なんだよ。幽霊一の正直者に、秘密なんてあんのか？」

「嘘と秘密は別じゃろう？」

テンコはにやりと笑う。

「そう言われると、確かに、気にはなる」

「じゃろ？　時としてリスクを冒《おか》さねば手に入れられんものもある。そろそろお前も成長し時じゃ。成長せん人間など幽霊と同じじゃぞ」

「気にはなる。だが、リスクを冒してまで聞きたいとは思わない。なにせ俺は心配病だからな。成長するのはまた今度にするよ」

「かー、そんなことではわしの秘密を知るのは一体何年後になるのじゃろうか！」

「その頃には卒業してるっての」

「お主の秘密。わしには興味があったのじゃがなぁ」

「俺の？　そんなものないよ」

「本当か？」

テンコが札を切る。また桜の描かれた札を取っていく。

「あの日、呪いのメールの実験台として、朝倉を選んだのは本当に偶然だったのかの」

俺の心臓がじわりと縮んだ。平静を装うために札を切るが、予定とは違うものを場に出してしまう。

「ビビりで心配性のお主があそこまで怒《おこ》り、堀田に立ち向かっていったのは、本当に心強い味方がいた。それだけが理由か？」

テンコが余裕の笑みで札をとる。丸い月が描かれた札だ。

「何が言いたい」

「お主は一年前から、この空き教室で昼飯を食べておったよな」

そうだ。

「そしてあの朝倉という生徒もまた、ここから見える中庭で日々昼食をとっておった」

確かにそうだ。

「はじめは、お主も退屈しのぎに、ただ眺めておっただけじゃろう。だがどうだ。朝倉の立ち振る舞い、表情を見ているうちにお主は……」

間を置いてテンコは言った。

「恋をしたのではないか？」

「勝手な妄想《もうそう》をするな！　根拠《こんきょ》もないくせに」

「根拠ならある」

「なんだよ！」

「今のお主の顔じゃ。真っ赤だぞ」

自分の顔が熱い。髪の毛が全て逆立《さかだ》っているかもしれない。

「だからお主は呪いのメールの実験台に彼女を選んだ。そして、困ってる彼女をほっておけなかった！」

「やめろ……！」

「お主もたいがいストーカー一歩手前ではないか！」

「もうやめてください。マジでほんとにごめんなさい」

俺は机に頭を落下させた。

「いやいや、わしは応援《おうえん》するぞ！」

テンコは最後の札を机に出して、鶴《つる》の絵の描かれた札を取って行った。

「はっはっは！　これは一年面白くなりそうじゃ！」

夏の章

「よぉ、朝倉。浮かない顔だな」

「ぜっこーちょーです！　とは言えませんね。外はとても暑いので。職員室だけクーラーあるのずるいですよ」

職員室の空気はクーラーで冷やされていて、半袖《はんそで》には少し寒い。水泳部顧問《こもん》の田所《たどころ》先生も、着古した緑色のジャージを羽織っている。

「で、何か用か？」

「水泳大会のプログラムを受け取りに来ました」

「あれ、B組の実行委員ってお前だったか？」

「今日は真子《まこ》が忙しいみたいなので、私が代わりに」

私の通う清城高校では、毎年七月に水泳大会が開かれる。この学校の卒業生で、今年のオリンピックに出場する青上選手が、在学時に全国優勝したことを機に始まったものらしい。

私の友人の真子は、ジャンケンで負けて水泳大会の実行委員に選ばれていた。吹奏《すいそう》楽《がく》部に所属している彼女は、練習時間が削《けず》られることを嘆《なげ》き、涙ながらに高校最後の大会までの日数を数えていた。そんな彼女を見ていたたまれなくなり、私は雑務のいくつかを引き受けることにした。

「そうかー。吹奏楽も大会が近いからなー」

先生は机の上にあったプリントの束を私に預ける。予想外の重さに体が一瞬沈む。プリントには『清城高校水泳大会　プログラム』と印刷されていた。

「あれ？　なんだか多い気がするんですけど」

辞書のように束になったプリントの枚数は、全校生徒の人数以上あるように見えた。

「泉《いずみ》が出るからな。今年のあいつのタイムは一歩間違えれば全国優勝も狙えるぞ」

泉君というのは私のクラスメイトだ。中学の頃から水泳大会では上位に入賞していたらしく、この高校に入ってからも毎年県の代表に選ばれている。「青上選手の再来だ」と校内の先生はしきりに噂していた。

「泉君が出ることと、こんなに刷ったことに何の関係が？」

「卒業前にあいつの泳ぎを間近で見たいと言う人がいてな。今年は保護者に開放することにしたんだ」

タイミングの悪い話だ。今からこのプログラムを折り曲げて完成させるのは私だというのに。

「友達の手伝いもいいが、朝倉も受験を控《ひか》えてるんだ。頑張れよ」

「そう思うなら、先生も手伝ってくださいよ」

田所先生は椅子を回して私に向き直ると、神妙《しんみょう》な面持《おもも》ちで言った。

「先生はな、忙しいんだ。学校に、部活に、家族サービスにな。今度青上選手の母校の水泳部顧問として、テレビ局からの取材にも答えねばならんし。今からどれだけ忙しいか、一時間かけて説明してやろう」

「それが出来るなら暇《ひま》じゃないですか。そもそも先生結婚《けっこん》してないですよね」

「朝倉。お前にこの言葉を送ろう。『結婚を宝くじに例えるのは間違いだ。宝くじでは時に当たることもあるのだから』」

先生は目を瞑って暗誦《あんしょう》すると、一人で深く頷《うなず》いた。

「誰の言葉ですか?」

「最初に言ったのはどっかの国の劇作家だが、俺の親父《おやじ》も同じことを言っていた」

田所先生は勢いよく立ち上がると、ホイッスルを首にかけた。

「じゃあ、よろしく頼むぞ。俺は水泳部顧問としての務めを果たしてくる」

先生について、私も職員室から出る。熱気が体にまとわりついてきた。これでもまだ七月なのだ。一体、来月はどれほど熱くなるのだろうか。

抱《かか》えたプリントの束を落とさないよう階段を上がっていく。途中、二人の男子生徒の前を通った。

「お前知らないの？　『ポッケさん』」

「なにそれ」

「うちの学校の幽霊。新しい七不思議！　最近俺も寺嶋《てらしま》から聞いたんだけどさ……」

幽霊という単語を聞いて、私は彼らから顔を背ける。それでも彼らの大きな声は耳に届いてしまう。

「ポッケさんは、異次元に通じるポケットを持っててよ。そん中に、片《かた》っ端《ぱし》から生徒の持ち物をいれていくんだってよ」

「たちの悪い幽霊だな。あ、この前俺の鞄からDSなくなったのって、まさかポッケさん……？」

「あ、それは俺が借りた」

「お前な！　一言言えよ！」

私は階段を一段飛ばしで登っていき、彼らの話が聞こえない距離まで急いで離れた。

教室に戻ると、掃除《そうじ》が終わったところらしく、数人のクラスメイトが用具の片づけをしていた。そのうちの一人が私を見つけ、箒《ほうき》を人に押し付けて駆け寄ってきた。

「香穂《かほ》ー！　ごめんねー」

　そのまま真子は私に抱《だ》きついてきた。手に持ったプリントの束を落としそうになる。

「マジありがと！　うちの吹奏楽部が県大出れたら、あんたのおかげだ！」

　大げさに感謝する彼女の髪からは、さっきの体育で入ったプールの匂いがした。

「はいはい。いいから練習頑張んな」

「あれ？　もしかして香穂、髪切った？」

　私の髪を間近で見て気が付いたらしい。

「うん。最近暑いから、お母さんに軽くしてもらった。少しだけだけど」

　自分の髪を横目に見る。どうせなら朝一番に気が付いてほしかった。

「こんなに暑いんだし、さっぱりしちゃえば？　香穂ショート似合うよ。絶対！」

「あぁ、うん」

　反応に困っていると、真子が勝手に察して話し始める。

「あ、そっか、髪短くしちゃうと、このイアリング隠せないもんね」

　真子は私の髪を掻《か》き上《あ》げて、耳をあらわにさせた。

「香穂、放課後になるといっつもこれつけるよね」

　真子は親指で耳たぶにつけられたイアリングを撫でる。

　ここ清城高校は進学校のわりに、校則はあまり厳しくない。ピアスはともかく、イアリングは違反ではない。なおかつ、私のクリップ式のイアリングは、耳たぶに小さな花のモチーフがくっつくだけなのだが、それでも口うるさい先生には注意されるので、授業中は外している。

「でも香穂それ似合ってないよ。キャラじゃないじゃん」

「なによ、私のキャラって」

　真子はしばし考えてから答えた。

「香穂って白石《しらいし》さんとか、カレンちゃんみたいに目立つほうではないじゃん。真面目だし。だけど実はよく見ると……、みたいな。そんなキャラ」

　皮肉のようにも聞こえるが、真子は思ったままを素直に言う。悪気はないのだろう。

「どうせつけるんならもっと綺麗でさ、大きいやつをつければいいじゃん。大きいジュエルとか、モチーフぶら下がったやつ」

「言ってることが食い違ってない？　別にいいの。おしゃれの為につけてるんじゃないんだから」

　耳にかかった髪を元に戻す。小さなイアリングを髪の毛で隠す。

「おしゃれ以外で何の為につけてるのよ」

「お守り。この学校を受験する当日、駅でこのイアリングが落ちたのよ。それ拾ってるせいで電車に乗り遅れた」

「なにそれ、逆に不幸のお守りじゃん」

「ふふん。実はその乗り遅れた電車は逆方向に行く路線だったのよ。もしあれに乗ってたら、私は今この学校にいないでしょうね」

自慢げに話す私に「すごいすごい」と真子は雑な拍手をした。

「じゃあ、男からのプレゼントじゃないんだ」

「違うわよ。もらいものではあるけど」

「男が選んだっぽいセンスを感じたんだけどなーはずれか。あ、ちなみに私のこれは、カレシからのプレゼント」

真子はわざとらしく言いながら、いつも身に着けているネックレスを胸元から引き出した。

「はいはい、知ってますよ。のろけてないで、早くトランペット練習してきなさい！」

真子は取り出した携帯の画面上で、指をスライドさせた。表示された時間を見て、あわて始める。

「うわ！　そうだね。香穂が作ってくれた時間は無駄《むだ》にはしません！　行ってまいります！　あ、ちなみに私の楽器はトロンボーンっていうんだよ」

敬礼の真似をして、彼女は教室から出て行った。

「それは別にどうでもいいけど」

真子には今回に限らず様々な頼まれ事をされる。その度に次は断ろうと思うのだが、その決意が実行された試しはない。こびるわけではない彼女の正直な性格がそうさせるのかもしれない。


自分の机につき、作業を始める。角と角を合わせてプリントを二つ折りにしていく。五時を過ぎたと言うのに、教室の中はまだ蒸し暑い。時たまハンカチで指の汗を拭《ふ》きとりながら作業を続ける。少しでも角がずれるのを許せない自分の几帳面《きちょうめん》さがいじらしい。作業を終えるまでに何時間かかるのだろうか。教室の時計を見てため息をついた。

「もしよかったら、手伝おうか？」

声がした方を見ると、男子生徒が立っていた。

「中崎君」

今年初めて同じクラスになった生徒だ。数か月経つが、何度か挨拶《あいさつ》と会話を交わした程度で、まだ下の名前は知らない。彼と私の間には、机二つほどの距離がある。

「手伝うよ。というか、今そこで頼まれた。これ、半分に折ればいいの？」

中崎君は半袖から伸びる白くて細い腕で、私の机から紙の束を半分とった。

「頼まれたって、誰に？」

彼は既に斜め前の席に座って、作業を始めようとしていた。

「あの、よく朝倉さんと一緒にいる……えっと」

「真子？」

「そう。俺が部活入ってないの知ってたみたいで、手伝ってやってくれって。さっき、そこの廊下で言われた」

中崎君の声は小さい。そのうえ顔をこちらに向けないので、気を付けていないと彼の言葉を聞《き》き逃《のが》してしまいそうになる。

「ごめんね。あの子強引だから。無理やり頼んだんでしょ」

「いや、別に、大丈夫」

彼の手元を見る。あまり器用ではないのか、折り目の雑さが少し気になった。しかし、手伝ってもらっている手前、指摘もできなかったので提案をする。

「中崎君、こっち座って」

前の席の椅子を引っ張って、そこに座るように促す。

「ここで私が折ったやつに、こっちのプリント挟んでいってくれない？」

彼は少し考えた後、私の指示通りに動いてくれた。彼は常にうつむいていて、前髪が目を隠している。表情をうまくうかがうことができない。

「いつもは生徒分しか刷らないんだけど、今年は一般の人も見に来られるようにするんだって。だから枚数が倍近いんだよね」

「そうなの？」

「うん。泉くんが去年全国大会で入賞したじゃん」

中崎君は首を傾《かし》げた。

「知らない？　うちのクラスの背が高くて、髪にゆるいパーマかけた」

「ごめん、分からない。クラスメイトって言ってもたくさんいて、覚えきれないんだ」

「ふふふ、三十人くらいじゃん。とにかくその泉君が今年こそ全国優勝！　ゆくゆくは青上選手の後を継《つ》いでオリンピック選手に！　ってな具合で話題になってるんだってさ。だから一般開放するんだって」

「そうなんだ」

「うん、そうなんだって」

「へー」

「ねー……」

盛り上がらない。私が話《はな》し上手《じょうず》な方ではないせいだろうか。中崎君の様子にも緊張感が見て取れる。

「えっと、中崎君はさ、何か得意な事とかないの？」

問いかけると彼は顔を上げてから、難しい数学の問題でも解くように頭をひねった。

「うーん……特にないかな」

会話のキャッチボールが続かないことに中崎君も焦《あせ》ったのか、思い出したように言葉を付け足した。

「強《し》いてあげれば、石橋を叩く事とか……？」

「石橋さんを、殴《なぐ》るの？」

「いや、違う、石橋を叩いて渡るって諺《ことわざ》の事」

「あ、なるほど。でも心配性って特技ではなくない？」

作業の手を止めて思わず笑ってしまう。中崎君は照れくさそうに目をそむけた。

「人より飛びぬけてることって、それくらいだから。ダメな方に飛びぬけてるけど」

彼は目線を私に戻した。

「じゃあ、朝倉さんは？　特技とか、得意なこと。何？」

返された質問の答えをしばし考える。私自身も堂々と自慢できるようなものは、すぐには出てこない。

「うーん、中崎君風にいうなら、私は石橋を叩かずに泳ぐ！　かな。泉君ほどじゃないけど、水泳はちょっと得意なの。小学校の頃、スイミングスクールに行ってたから。水泳大会でも、私クラス代表で泳ぐんだよ」

自分で自分を指さす。と言っても、クラスに水泳部の女子がいないから選ばれただけで、学校単位で見れば自慢できる程の泳力ではない。

「なるほど、俺が石橋を叩いてる時に、朝倉さんは泳いで渡っちゃうわけだ。一休さんもびっくりだね」

中崎君は頭に想像図を描いているのか、一人で微笑んだ。

「話してみると、こんな感じの人だったんだね。中崎君て」

「前まではどんな感じだったの？」

「うーんと、なんていうか中崎君て目立たない方だし、クラスのみんなも中崎君の話題って出さないし……ってなんか悪口になってるかな。ごめん」

中崎君は作業の手を止めずに答えた。

「いいよ。実際そうだから。存在感なさすぎて、去年のクラスメイトも俺のこと覚えてないんだ。でもよかった」

「よかった？」

「うん。嫌われてるよりかはましだから」

「なにそれ、それが前提だったの？」

真顔で言う中崎君を見て吹き出してしまう。確かに心配性な気質の様だ。

「じゃあ、今度は中崎くんの番。何か話して。趣味《しゅみ》の事でも、中学の頃のことでも何でもいいよ」

彼は作業を止めたまま、しばらく考えだした。自分から話題を振るのは苦手らしい。

その間に私は数枚のプリントを折る。

「テンコさんって知ってる？」

中崎君がようやく話し出した。

「テンコさん？　何？　彼女？」

「違う。絶対違う」

彼は今までで一番はっきりした声で言った。

「この学校の材木になった、桜の木の精霊なんだって」

中崎君がそんなファンタジックなことを話すとは少し意外だった。

「へー。精霊か。きっと素敵な人なんだろうね」

「いや、そうでもない。特に性格がアレらしい」

そう言うと彼は顔の周りで手を振った。虫でも飛んでいたのだろうか。私には見えなかった。

「で、そのテンコさんがどうかしたの？」

「そのテンコさんはさ、この学校の幽霊の元締めなんだってさ」

私の手が止まった。中崎君はそれに気づかないまま話を続ける。

「最近は『ポッケさん』っていう偽《にせ》の噂が蔓延《まんえん》して怒ってるらしいんだけど……」

「やめて！」

中崎君の話を遮《さえぎ》った。必要以上に大きな声が出た口触りに、自分でも戸惑う。

「ごめん。幽霊とか苦手だった？」

彼の声のトーンが下がる。作業の手を止めて、私の表情をうかがっている。

「えっと、まぁ、そんなとこ」

その後は二人黙ったまま、しばらく作業を続けた。

日が傾《かたむ》いて来た頃、やっと全てのプリントを折り終えた。プリントは夕日を受けて、オレンジ色になっている。

「手伝ってくれてありがとう。おかげで助かった。あとは、これを職員室に持ってくだけだから」

プリントを叩いて揃《そろ》える。

「いや、大して役には立てなかったし」

鞄を肩にかけた中崎君を、私は呼び止める。

「あの、ごめんね。手伝ってもらったのに、なんか、途中から変な空気にしちゃって」

肺が膨れるような罪悪感で、彼の顔を見ることが出来ない。

「あれは俺が変な話をしたから……」

「違うの」

中崎君の言葉に割り込んで私は続けた。

「私、幽霊とか怖い話が苦手ってわけじゃなくて、その、嫌いなの。すごく」

頭を下げたまま、束ねたプリントに目を落とす。

「私、お姉ちゃんがいるんだけど……、いや、いたんだけど。私が中学の頃に死んじゃったんだ」

私は目線だけを上げて中崎君の顔をうかがう。彼は次の言葉を待ってくれている。

「このイアリング。そのお姉ちゃんからもらったんだけどさ」

私は耳についたイアリングを撫でる。

「確かに、たまにこのイアリングつけてると、お姉ちゃんが見守ってるみたいな感じがして、頑張ろう、って思ったりすることもあるよ。でもさ……」

私は耳から手を放し、だらんと腕を下ろす。

「そういうのってさ、多分、実際の所は私の妄想じゃん。もしかしたら会えるかも、とか、話ができるかも、なんて思うと、つらいじゃん」

笑顔を作っておどけてみせる。多分うまく出来ていないだろう。

「だから、幽霊とかそういうの、私信じてないし、信じたくないし。あたかもいるような話をされるのは好きじゃないんだ。だからさっきはあんな態度とっちゃったの。ごめんね。中崎君にしてみれば、訳分かんなかったよね」

許してもらおうとしたわけではないが、事情を話しておくのがせめてもの礼儀だと思った。

彼は黙って、教室の端に視線を向けている。

「中崎君？　ごめん。怒ってる？」

「いや、俺も無神経だった」

彼は足早に教室から出て行った。

姉は小さい頃から私よりもしっかりしていて、大人だった。

昔、まだ姉が生きていたころに、家族でキャンプに行ったことがある。キャンプ場の川には大きな岩があり、姉や父はそこから水に飛び込んで遊んでいた。しかし、私は岩の上で足がすくんで、どうしても踏み切ることが出来なかった。そんな私に、姉は言った。

「飛び込んでみちゃえばいいんだよ。そしたら次は、少しだけ怖くない」

その一言で、私は岩を蹴《け》って足を踏み出した。結局は方向を間違えて、足の骨を折ることになったけど。

私は水面から顔を出した。空気を大きく吸い込んで、ゴーグルを外す。

「おー！　私の倍は早いね」

プールサイドにいる真子が言った。片手にはストップウォッチを持っている。

「これなら、本番のクラス対抗《たいこう》リレーも期待できるね」

真子が伸ばした手に摑まる。

「別に大したことないよ」

「水の抵抗《ていこう》の差かねー」

真子は、自分の胸と私の胸を見比べた。

「抵抗なくて悪かったわね」

摑んだ手を引っ張って、私は真子をプールに引きずり込んだ。

「こらー。そこーふざけるなよー」

田所先生の注意が飛ぶ。逃げるようにして、プールから上がった。

男子のコースを見ると、何やら盛り上がっている。泉君がタイムを計っていたようで、数人がストップウォッチを覗き込んで騒いでいた。

「四時間目に体育やっちゃだめだよ。もう絶対購買《こうばい》並んでるじゃん。不公平だよ。あー、さっき音楽室行く時に購買寄っとけばよかったー。五時間目なんだっけ？」

「現国」

「えー。絶対寝るわ。そもそもプールなんてやることないじゃん。肌《はだ》焼けるし」

更衣室から教室に向かう途中、真子は文句を並べたてた。

「そうだねー髪の毛も痛むし」

泳ぐのは嫌いでなかったが、私は前髪をつまんで話を合わせた。

「あれ？」

真子が疑問の声を漏らす。彼女の視線を私も追う。教室の前に、人だかりができていた。他のクラスの生徒も集まっている。

「どうしたの？」

野次馬《やじうま》の一人に声をかける。しかし、相手は私の質問に答えることなく、教室の中に向かって呼びかけた。

「おーい、女子帰ってきたぞ」

人の塊《かたまり》がわかれて、教室の中が見えた。先に戻った男子生徒達は、皆立ちあがっている。

「泥棒《どろぼう》が出たんだよ」

近くにいた泉君が答える。

「泥棒？」

「僕らも体育から帰ってきて気付いたんだけどさ、なんか時計とか、アクセとか、財布の中身とかなくなってるんだよ。僕もやられたけど」

泉くんは髪を掻きあげながら、財布を机に放り投げた。

「うっそ、マジ⁉」

隣《となり》で真子が口を押えた。

「とりあえず高岡《たかおか》が先生呼びいったけどさ、女子もなんか無くなってないか確認した方がいいぜ」

イアリング――。頭をその言葉がよぎった。

私は自分の席に駆け足で近付くと、しゃがんで机の中に手を入れた。イアリングを入れている缶《かん》ケースを取り出す。手がすべり、ケースが高い音を立てて床に落ちた。

「大丈夫？」

落ちた拍子に外れた蓋《ふた》と、缶ケースを中崎君が拾ってくれた。

「ありがとう。あのイアリングが入ってるから焦って……中崎君？」

彼は缶ケースを持ったまま動かない。

「まさか……」

寒気がしてすぐに歩み寄る。

「大丈夫。あるよ」

中崎君が缶ケースを差し出す。受け取って確認すると、確かにそこにはイアリングが一組揃っていた。

「よかったぁ」

私がそう呟くのと同時に、真子が叫んだ。

「ない！　ネックレス！　ない！」

真子は自分の机の中の物を全て取り出し、さらに周りの床に落ちていないか探し回っていた。隣の席の泉君は、そんな彼女を不憫《ふびん》そうに見ている。

「真子……。大丈夫？」

声をかけたが、彼女は反応しなかった。

「ユータくんが、せっかく、くれたのに……。体育の前までつけてたのに！」

何度も呟きながら、彼女は床を探し続けた。

真子の悲鳴を皮切りに、教室中が騒がしくなる。

「俺、箸を片方だけ盗まれたんだけど」

「あ、俺は漫画を三巻だけ。なんで残り置いてったんだろ」

「なにそれ、やだ。不気味……」

「水泳の時間誰か抜けたりしたか？」

「今隣の組のやつに聞いてきたけど、授業中、誰も廊下通んなかったってよ」

「は？　じゃあ、どうやって盗んだんだよ！」

「どならないでよ」

「そりゃお前は落ち着いてられるよな。なにも盗まれてねぇんだから！」

その時、騒ぎをかき消すように一人の生徒が大きな声を上げた。

「おいおいおいおい！　なんだこれ！」

一瞬静まり返った後、その生徒のいる教室の前方にみなが集まっていく。彼が指差す黒板の角を見た者は、一様に口を塞《ふさ》いだ。

「なんて書いてあったの？」

私は戻ってきたクラスメイトに聞く。

「……けさん……」

「え？」

「『ポッケさん』って、彫《ほ》ってあった……」

支えていた真子の肩が、少しだけ震《ふる》えた。

真子が恋人からもらったネックレス。数人の財布の中身。時計。教科書。漫画。箸の片方。実に様々な物が盗まれていることが分かった。そして黒板に刻まれた『ポッケさん』の文字。この状況《じょうきょう》の異様さに、この事件に深く触《ふ》れていいものなのかと、皆の中に不安や、困惑の色が広がっていた。

そんなクラスの雰囲気を受けて、担任教師も「とりあえず会議で校長と相談する」と言うに留まった。正直、迅速《じんそく》な対応が取れているとはとても思えない。

真子はずっと沈みっぱなしだった。他校にいる彼氏には、この事をまだ報告できていないらしい。私だけ無事だったイアリングをつけるわけにはいかず、鞄に仕舞ったままにしている。真子には数日後に迫った水泳大会の準備が残っていたが、それも私が引き受けて家に帰らせた。


自分の席で、水泳大会で使う道具の数をメモしていく。その途中、私は作業を何度も中断し、誰もいない教室で、机やロッカーをあさる犯人の姿を想像した。

「ポッケさん？　そんなわけ、ないじゃない……」

すぐに終わるはずの仕事だったが、帰る頃にはもう日が沈んでいた。

学校を出て、バス停でバスを待った。私の他に到着《とうちゃく》を待つ生徒はいない。校庭を見ると、練習を終えた野球部数人が残って談笑していた。

夜の風は冷たく、私は自分の腕をさする。

「ジャージ持ってくればよかったなぁ」

呟いて学校の方を振り向いた時、校舎の中に人影《ひとかげ》が見えた。最初は当直の先生かと思い気にしなかったが、人影が見えた場所は、私の教室だった。

「こんな時間に……誰だろう？」

昼の盗難《とうなん》事件が頭をよぎる。

「まさかね」

あえて口にすることで気持ちを切り替えようとしたが、真子の沈んだ顔が頭に浮かんだ。もし被害にあったのが私だったらどうなっていただろうか。姉の分身の様に感じていたイアリングを盗まれていたら、悲しみや、怒りや、失望でぐちゃぐちゃになっていただろう。

「飛び込んでみちゃえばいい」

私は決意するように言うと、学校に戻った。

校内には人は残っておらず、静まりかえっていた。少しの物音も反響《はんきょう》して奥まで響く。音を立てないようにゆっくりと階段を登る。自分の服の衣擦《きぬず》れだけが耳に残る。四階にたどり着くと、踊《おど》り場《ば》から顔だけ出して廊下をうかがう。しかし、人の気配は全くない。

「見間違えかな」

一度警戒を解いて教室に近付くと、中から声が聞こえた。

「分かってるよ」

男の声だ。誰かと会話しているようだが、相手の声は聞こえない。電話をしているのだろうか。教室の扉に背中を預けて、聞き耳を立てる。

「別に深入りするつもりはない」

「今までだって何度かこういうことに対処したろ？　これもその一つだ」

中を覗き込む勇気が出ないでいると、廊下の窓に教室の様子が反射している事に気が付いた。頭を上げて、窓に目を凝《こ》らす。

男は制服を着ていた、顔も確認できる。

大きな黄色い目。縦に通った鼻筋、ぐっと結んだ口元、そして銀色の肌……。とても人間とは思えない。まさか、本当に『ポッケさん』……？

「いや、あれって、ウルトラマン……だよね？」

窓に反射していて確認しづらかったが、男はウルトラマンのお面を被っている、どう考えても怪しい。絶対犯人だ。

真子の事を思うと、いてもたってもいられなかった。鞄を武器にしようと、持ち手を強く握って、教室の扉を開けた。

「ねぇ！」

私の声に驚いた男は、体をびくつかせる。

「あんたなの！　真子のネックレス！」

大きな声で問いかける。窓際にいた男は、何も言わずに走りだした。

「待ちなさい！」

逆の扉から廊下に飛び出ていく。私も後を追う。

「追いつける……！」

男のスピードは大したことはなかった。足をぐるぐると回して、距離をだんだんと詰めていく。

男は大きく膨らんで曲がると、階段を下り始めた。私も一段飛ばして降りていく。

しかし、その途中だった。

「あっ――」

私の右足に左足が引っかかった。階段を数段残して、私の体は宙に投げ出された。

落ちる！

そう思って目を瞑った時、前を走っていた男が、振りかえって叫んだ。

「花子さん!!」

強烈《きょうれつ》な風を体に感じた。自分の体が浮き上がるような感覚すら覚えた。想像していたよりも長い時間を置いてから、私は床に落ちた。感触は床のそれではない。お尻の下でなにかが、もぞもぞ動く。

目を開けると、私は男を下敷《したじ》きにして座っていた。

「助けて、くれたんですか？」

「いや、まぁ、うん」

近くで声を聴いて私ははっとした。男のお腹《なか》に乗ったまま、お面を引きはがす。

「私の名前、花子じゃないよ。中崎君」

階段から落ちた拍子に散らばった鞄の中身を、非常灯の明かりだけを頼りに集めた。全て拾い終わった時、中崎君が口を開いた。

「俺も犯人を捜《さが》してたんだ」

「じゃあ、逃げることないじゃん」

「いや、なんか慌《あわ》てちゃって」

彼は腰をさすっている。私を受け止めた時に打ったのだろう。

客観的に見れば、彼が怪《あや》しい事にはまだ変わりない。しかし、彼が泥棒をするとは思えないし、そもそも彼は体育の時間にプールにいたのだ。

なにより階段から落ちるのを助けてくれた相手を、疑ってかかるのは失礼というものだろう。

「中崎くんはみんなみたいに『ポッケさん』が犯人だとか思わないんだ」

「『ポッケさん』？　あぁ、あれは偽物《にせもの》だから」

中崎君は当たり前のことのように言った。

「偽物だって、なんで分かるの？」

「俺、七不思議が知り合い……、じゃなくて、七不思議に詳《くわ》しい知り合いがいるんだ。

そいつが『ポッケさん』なんて知らないって言ってたから。だからデマなんだろうなって……。あ、ごめん、なんか朝倉さんの嫌《きら》いな幽霊の話になってきてるかな」

「幽霊の噂が嘘だって否定する話だから。大丈夫だよ」

中崎君は小さく「そっか」と呟《つぶや》いた。

「じゃあ、犯人は自分でありもしない噂を広げて、自分の盗みを『ポッケさん』のせいにしようとしたわけだ」

「もしかしたら『ポッケさん』の噂が広がるのが先で、犯人はそれを利用しただけなのかもしれないけどね」

「なるほど。そっちの可能性もあるんだ」

中崎君は「多分だけど」と更に付け足した。

「あと、本気で幽霊のせいにするというよりは、それによってみんなを動揺《どうよう》させるのが目的なんだと思うけど」

今日の事件が発覚した時のクラスの様子を思い出す。それが狙《ねら》いなら、その目論見《もくろみ》は成功していたと言えるのだろう。

「でも、中崎君はなんで犯人を捜して教室に？」

「犯人を捜してたというより、盗まれた物を探してたんだ」

盗まれた物。その中には真子の大事なネックレスもあるはずだ。

「たくさん盗んでいたから、鞄にいれて自然に持ち出すのは無理だろうなって思って。だから、犯人は一旦《いったん》どこかに隠してるんじゃないかなと……」

確かに帰りのホームルームに全クラスで持ち物検査があったが、怪しい人物は見つからなかった。

「でもさ、中崎君はなんで犯人を捜してるの？」

質問の意味が分からないらしく、中崎君は私を見つめ返す。

「だって中崎君、この前自分で心配性だって言ってたでしょ？　だから、少し意外かなって……」

中崎君はしばらく考えてから、はっきりとした声で言った。

「俺も大切な物を盗まれたから」

「俺も……？」

「あ、『俺も』っていうか、『俺が』ね。うん」

「そっか……」

私は鞄の口を閉めて、肩にしっかりと担いだ。

「私も手伝うよ。手伝わせて」

「手伝うって……？」

「犯人捜し」

彼は矢継《やつ》ぎ早《ばや》に反論した。

「いやいや、いいよ。だって、犯人すごい怖いやつかも！　殴られたりするかも！　口止めに殺されるかも！」

「中崎君心配し過ぎ。第一そのリスクは中崎君も同じでしょ。まぁ、私じゃ頼りにならないかもだけどさ」

「いやでも……」

「お願い。私も友達の大切な物が盗まれたの。許せない」

もしこのまま犯人が見つからなかったら、ありもしない噂で事件をうやむやにして、やつは悠々《ゆうゆう》と盗んだ物や金を使うのだろうか。その様子を想像すると、心にどろりと煮《に》える物があった。

しばらく考え込んだ後、彼は渋々了承《りょうしょう》してくれた。

「分かった。じゃあ、言うけどさ」

「うん。何？」

中崎君が頭を掻く。

「俺、実は犯人知ってるんだ」

●

夜の蒸し暑い空気も、プールの周りは少しだけ緩《ゆる》んでいた。夜のプールは、墨汁《ぼくじゅう》がたまっているようにも見える。近くの街灯の明かりが、水面の凹凸《おうとつ》に白く反射していた。

「で、犯人はここにくるの？」

「教室にはなにも無かったから。だとすると、ここから見える所に来るよ」

中崎君は言葉の最後に小さく「多分」と付け足した。

彼は放課後、ある男がメールを打つのを見てしまったらしい。その中身は盗んだ金品の売買に関することだったそうだ。

「そんな大事なメール、中崎君に覗かれちゃうところで打つかな？　犯人軽率すぎない？」

「えっと、ほら。俺存在感ないからさ」

見間違いかなにかではないかと尋ねたが、彼は譲《ゆず》らなかった。

「本当は携帯をハッキングでもしたんじゃないの……ってそんなわけないか」

冗談まじりに言ってみたが彼は答えずに、プールの端に置いてあった椅子をフェンス際まで持っていく。それに座《すわ》り込むと、校庭の方を注視し始めた。反対側からは、木の茂《しげ》みに隠れて、彼の姿は見えにくいだろう。

「犯人が分かってるなら、みんなに言えばいいのに」

私は飛び込み台に座って、話しかけた。

「とりあえず盗まれたものを取り戻すのが先決だし、証拠をおさえないと。俺の話だけだと、みんな信じないでしょ。メールを覗きました。なんて」

プールに手をいれて水をすくってみた。手に残る水は透き通っている。

「で、結局犯人って誰なの？」

「泉君」

「え？」

予想外の名前に、すくった水を足元にこぼした。

「でも、泉君も体育の授業受けてたよね。すごく速くて、みんなに注目されて盛り上がってたじゃん」

「でも、彼が盗んだ物を売るって、メールを打ってたから」

中崎君は校庭の方を見たまま言う。こちらには振り向かない。

私は泉君が犯人であることに納得が出来ない。やはり彼が見たメールは何かの間違いだったのではないのだろうか。

「逆に考えてみたんだ。もし泉君が犯人だとしたら、どうやって盗んだんだろうって」

中崎君がこちらを向いて説明を始めた。私も彼に体を向ける。

「いろいろ考えてみたらさ、思いついたんだ。泉君がみんなの物を盗む方法」

「体育の授業中に抜け出すとか？　そんなことしたら、みんな気が付くし、さすがに校内を水着では歩けないでしょ」

知らず知らずのうちに、私の口調は早口になっている。

「朝倉さんは、なんで犯人が体育の授業中に盗んだと思ったの？」

予期しない質問に少し間を空けてから答える。

「だって、真子はネックレスを、体育の時間以外ずっとつけてたんだよ」

「真子さんのネックレスは、そうだよね」

不自然に強調された中崎君の言葉を、頭の中で反芻する。

「他に盗まれたもの、財布の中のお金とか、漫画本とか、お箸とか、教科書はプールの時間でなくても盗めるでしょ？」

「あ……」

頭の中の緊張が一度にほどけた。

「泉君は多分、体育の前に、盗みを既に実行していたんだよ」

「そっか……、そっか！　そうしておいて体育の授業が終わってから、真子のネックレスだけ盗んだんだ！」

思わず手を叩く。中崎君が少し残念そうな顔をした。おそらく推理の決め手になる部分を、私が横取りしたからだろう。

「泉君はまず三時間目の選択授業を抜け出して盗みを行ったんだ。移動教室の後、すぐにプールでしょ。みんな自分の持ち物を確認する暇なんてないから、この時点では犯行は発覚しない」

「その後、普通に体育の授業を受けて、帰ってきた時にネックレスを盗んだのね」

泉君と真子の席は隣同士だ。彼なら女子が帰って来るまでに、ドサクサに紛れてネックレスだけなら盗めるだろう。真子が、体育の時間以外は常にネックレスを着けている事も知っていたはずだ。

「ちなみに泉君は盗みを実行する時に、昼休みまでには発覚するように工夫もしていた。犯行時刻を体育の時間だけに絞れないと、仕掛けの意味がないからね」

「お箸の片方とか、漫画を半分だけとか、あえて中途半端に盗んだのね。不自然な状況を作って、発覚を早めた」

「うん。『ポッケさん』の仕業《しわざ》に見せかけて、みんなを動揺させたかっただろうし、一石二鳥だ」

私は中崎君の話を「なるほど」と呟きながら頭の中で繰り返す。

「犯人は頭がいいよ。『ポッケさん』の噂を利用することで事件の本質をうやむやにしたんだ。冷静に判断できなくなって、みんな盗まれた時間がずれていることに、なかなか気が付けない」

幽霊なんているわけがない。そう思う私ですら、やはりあの場の空気に呑《の》まれていたのだろう。中崎君に言われるまで、この仕掛けに気付くことはできなかった。

「そうやってみんなが混乱している間に盗んだものを処理しちゃえば、証拠はなくなるもんね」

「うん。でもやっぱり、俺の推測も間違っているかもしれないし、だから確かめてみよう。これから彼が盗まれたものを取りに来るか」

中崎君は校庭に視線を戻して監視を再開した。

風で揺らめいた水面がちゃぽんと音を立てる。

「すごいね、中崎君」

彼は目を大きくしながら振り返った。

「すごい？　いや、すごくないよ。犯人分からなかったら思いつかなかっただろうし、友達にも相談したし、すげー考えた。偶然メールを見たのも、俺の力じゃないし」

「謙虚《けんきょ》だね」

「過大評価が嫌なんだよ。本性がバレた時の心配をしなきゃいけなくなるから」

「ふふっ。心配性なだけか」

「そうだね。男らしくないだろ」

「でも私はそういう方が好きだよ」

中崎君がおそるおそる聞き返した。

「どういうこと？」

「少しくらいかっこ悪い方が、いい時だってあると私は思うけど……」

私の言葉の途中で、中崎君は素早く指を立てた。校庭の方に目を凝らしている。音をたてないように屈《かが》んで、彼の隣に移動した。

「来たの？」

この距離で声が聞こえるはずもなかったが、小さな声で会話した。

「うん」

校庭の手前、水泳部の部室の前で人影が動いた。

背が高く、長髪の男。間違いない。泉君だ。

●

鍵《かぎ》を開けて泉君が部室に入ったのを確認してから、見つからないように気配を消して、しかし、急いで水泳部の部室に向かった。

「部室に隠していたんだね。あそこなら物が多くて見つからないだろうし」

「で、これからどうする？」

私が問いかけると、中崎君は辺りを見回してから言った。

「朝倉さん、あそこの窓分かる？」

中崎君が指差した方向を見ると、部室の扉とは反対側の壁の上部に、小さな窓が開いていた。

「あそこから、携帯のカメラで動画撮っておいてくれないかな」

「動画？」

「うん。証拠がいる」

鞄はプールに置いてきたが、幸い携帯はポケットに入っていた。取り出してバッテリーの残量を確認する。

「中崎君は？」

「最終確認。ほんとに彼が犯人か確かめて、盗んだものを見つけてくる。ベストは自首してもらう事だけど……」

中崎君は「どうだろうね」と言葉の最後を濁した。

「待ってよ、部室に入るってこと？」

「うん。そうするしかないでしょ」

「それなら私も行くよ」

中崎君は立ち止まって私の顔を見る。

「だから、朝倉さんには証拠を撮《と》ってもらわないと」

「逆でもいいでしょ。私が部室に入って、中崎君には外にいてもらう。泉君も相手が女の方が油断するかも」

「ダメだよ」

中崎君は即答《そくとう》した。

「えっと、ほら、俺の携帯物凄く古いモデルなんだ。画像荒くて」

「私の携帯使ってくれていいよ」

「ダメ。俺スマホの使い方よく分からないし」

「簡単だよ」

中崎君は戸惑ったように頭を掻いた。

「とにかく、俺の心配はいらないから」

私の反応を待たずに、中崎君は部室の扉へと向かっていった。

「中崎君……！」

大きくなりそうな声を抑《おさ》えて呼びかける。

「大丈夫。俺には心強い味方がついてるから」

中崎君が、入り口へ回り込んでしまったのを見て、私は携帯を操作する。録画開始音が聞こえないよう、体で携帯を包んでから、カメラ機能を作動させた。

高い位置にある窓にゆっくりと近づく。近くの石を踏み台にして、格子の隙間から携帯のレンズだけを室内に向ける。

部室の中は真っ暗で何も見えなかったが、しばらくすると明かりが点《つ》いた。携帯の画面が一度真っ白になってから、部室内の明るさにフォーカスが合う。

画面の手前にロッカーの前でしゃがんでいる泉君を捕《とら》えた。彼は水泳部のジャージを着ている。そして画面の奥では、電灯のスイッチに手を置いている中崎君がいた。ただでさえ狭い部室は棚《たな》や用具で雑多としている。端と端にいても、二人の距離は三歩ほどしかない。

「びっくりした。えっと、水泳部の後輩《こうはい》、かな？」

泉君は立ち上がった。画面には彼の後ろ姿しか映らない。

「同じクラスの中崎だよ。ま、存在感ないから覚えてなくても仕方ないけど」

携帯を掲げている手が痺れたので、持つ手を入れ替える。

中崎君はドアを塞ぐように立っていた。泉君が立ち上がると身長の差が明確になる。頭一つ分、泉君の方が大きい。水泳で鍛《きた》えられた筋肉のせいで、横幅も中崎君の方が小さく見える。

「あぁ！　目が慣れてきて思い出したよ。中崎君か。どうしたの？」

泉君がパーマのかかった長い髪を掻きあげる。声に焦りの色はない。

「探し物をしてたら、君がここに入っていくのが見えたんだ。それで様子を見に来た。君こそ、こんな時間に何やってるの？」

「僕？　僕は忘れ物を取りに来たんだよ」

泉君は即答した。

「忘れ物ってその袋？」

中崎君は泉君の足元の紙袋を指さす。スポーツ用品店のマークがついている。

「うん。そうだよ」

「もしかしたら、俺の探し物がそこに入ってるかもしれないんだけど」

「探し物って？」

「今日『ポッケさん』に盗まれた物」

中崎君の言葉を受けて、泉君が黙り込む。何度か言葉を選ぶような素振りを見せてから、話し始めた。

「なんの話……かな？」

「俺の勘違いかも。とにかくその紙袋の中、見せてよ」

中崎君は手を伸ばして紙袋を渡すように促す。

「何？　もしかして君は、僕が盗んだとでも言いたいわけ？　いくらクラスメイトでも失礼なんじゃない？」

泉君は両手を広げて余裕をみせる。しかし、中崎君は譲らなかった。

「違っていたら謝るから。とにかく紙袋の中身を見せてよ」

中崎君が泉君との距離を一歩詰める。

「分かった。いいよ。見て」

泉君は足で紙袋を中崎君の方に差し出した。素直なその態度に私は戸惑う。心臓が縮むような感覚を覚えた。

「ありがとう」

中崎君は紙袋に近づき、膝をついた。

その時、泉君の腕が、画面の中で素早く動く。

彼は棚に置いてあったトロフィーを掴んで、大きく振り上げた。

「中崎君！　危ない！」

叫ぶと同時に地面を蹴り、部室の入り口に回り込む。中で机が倒れる音がした。

「大丈夫⁉」

部室になだれ込むが、倒れていたのは泉君の方だった。彼の足元には、今振り上げたトロフィーが転がっている。部室の中はプールと汗の匂いが籠《こも》っていた。

「あ……？　なんだ今の……。お前か？」

泉君は訳が分からないという様子で、手を押さえ、中崎君を見ている。

「俺は何もしてないよ。偶然窓から入ってきた鳥か蝙蝠《こうもり》が、君の手をついたみたいだね」

　中崎君がとぼけたように言った。

「あ？　そんな偶然あるかよ。朝倉！　お前が何かしたのか？」

　泉君は右手を抑えながら私を睨《にら》みつけるが、当然私にも心当たりはない。

「ありがと。声かけてくれて、おかげで助かった」

　中崎君の声で、泉君に固定されていた視線が解ける。

　彼は手元で紙袋の口を広げた。私も横から中を覗き込む。中には数枚のお札や、教科書やお箸など、盗まれた物が無造作に入れられていた。私は握りしめていたままの携帯を思い出し、紙袋の中を撮影《さつえい》する。携帯の画面は、私の汗で少しだけ滲んでいた。

「なんだよ。もしかして、ずっと撮ってたのか……」

　泉君はさっきまで私がカメラを向けていた窓と携帯を交互に見て、気の抜けた声を出した。乱れた髪が、垂れて彼の目にかかる。

「泉君。なんでこんなこと……」

「仕方ないだろ！　これくらいのストレス発散いいだろ！　盗んだ金で遊んでストレス発散して！　またタイム伸びればお前らの為にもなるだろ！　僕はお前らが遊んでる時も、いっつも練習してんだぞ！　ほっとけよ！　幽霊が盗んだって事でいいだろ！　ちくしょう！」

叫びとも説明ともつかない声を上げた。それは子供の駄々のようにも聞こえる。

「くっそ……勘弁してくれ、頼むよ、許してくれ！　それ消去してくれ！　盗んだものは返すから！　魔《ま》が差したんだ！　『ポッケさん』の噂聞いてつい。出来心ってやつだよ！」

泉君は膝をつくと、地面に頭をこすり付けた。

「もうすぐ最後の大会なんだ！　頼む！　こんなことバレたら出場できなくなっちゃうよ！　僕がいなかったら、リレーとか、他のやつに迷惑かけちまう！」

私は謝り続ける泉君を、カメラのアングルから外した。

「えっと、泉君。とりあえず顔上げてよ」

私はしゃがんで声をかけた。彼はゆっくりと顔を上げる。

「朝倉さん……」

顔を上げると、垂れた前髪の隙間から彼の目が見えた。姿勢に反して彼の目は鋭く、怒りに満ちて私を睨みつけていた。私は全身が冷たくなるのを感じた。

「下がって！　朝倉さん！」

後ろで中崎君が叫ぶ。それを合図にして、泉君は獣《けもの》のように飛び掛かってきた。私は肩を押され倒れる。壁に頭を打ちつけた。

抵抗しようと腕をめちゃくちゃに振り回すが、泉君は全てを躱《かわ》すと、私から離れて部室の奥まで下がった。

「どうよ！　瞬発力《しゅんぱつりょく》には自信あんだ！」

泉君は長椅子に飛び乗った。彼の手には私の携帯が握られている。

「へへっ！　これさえぶっ壊せば問題ないよね！」

泉君は奪った携帯を左右に動かして、私たち二人を交互に映す。

「動かないでよ！　一歩でも動けば、これぶっ壊す！」

中崎君が踏み出そうとすると、瞬時《しゅんじ》に泉君が携帯を高く上げて、床に叩きつけようとした。

「いいよ！　盗んだそれもってけば？　返すよ！　そんで先生でもみんなにでも言えばいいじゃん！　でも信じるかな！　この動画もなしに、僕が犯人だって信じるかな？」

彼は興奮《こうふん》してじっとしていられないらしく、小さく飛《と》び跳《は》ねながら話を続ける。

「僕は全力で白《しら》を切るけどね！　僕は学校から注目されてるし、友達にお願いすりゃ今日のアリバイくらい作れる！」

そう言うと泉君は動きを止めて、大きく深呼吸した。声のトーンにも落ち着きが戻ってくる。

「ドンマイだね。朝倉さん、中崎君。ごめんね。だって僕この学校の期待の星だぜ？　第二の青上って言われてるんだよ。そんな僕に泥《どろ》を塗《ぬ》るってことは、学校にも泥を塗るってことだよ。君らがなんて言っても学校は知らんぷりするんじゃないかな。この前もそうだったし」

「この前……？」

私は頭を押さえながら立ち上がる。少しだけ立ちくらみがした。

「うん。僕さ一年の時に水泳部の先輩とケンカしたんだ。だってさ、のろまなくせに態度だけはデカイ奴だったから。ボコボコにしちゃったけど、学校が処分したのは先輩だけだったよ。その時とは顧問違うけど、田所だってそうするさ」

彼は乱れた髪を掻きあげて元に戻した。

「まぁ、だって価値が違うもんね。学校が僕を必要としてるんだよ。今回もそんな感じで、うやむやにするんじゃない？　だからさ、今回のことは『ポッケさん』が犯人ってことにしておこうよ。ね。そうすれば誰も傷つかないじゃない」

「〝あなたが傷つかない〟の間違いでしょ……！」

　私は真子の涙を思い出して唇《くちびる》を噛《か》む。

「怒んないで。笑った方が朝倉さんは可愛いと思うよ」

　泉君が私にカメラを向けた。同時に私は目線を逸《そ》らす。

　悔《くや》しさや怒りでいっぱいになり、目の奥がチリチリと痛んだ。思わず涙が出そうになるが、歯を食いしばって必死で耐《た》える。

「大したことないように思うけどな」

　彼の話を、中崎君があっけらかんと制した。その声はまるで日常会話をする時のように落ち着いている。

「大したことないって、何が？」

「いや、君って、本当にそんなにすごいの？　例えばさ。さっき瞬発力すごいとか自慢してたけど、多分、俺のがすごいんじゃないかな」

　中崎君は自らを指さす。

「は？　僕の飛び込みって、高校トップレベルなんだけど」

　泉君は鼻で笑った。目を細めて中崎君を見下している。

「そうなの？　じゃあ、大したことないね」

「何言ってんのさ。お前自分の言ってることわかってる？」

ゆらりと泉君は中崎君の方へ向きを変えた。歪んだ前髪もゆらりと揺れる。

「じゃ、勝負してみようか」

中崎君は部室の隅《すみ》から机を持ってきて、泉君との間に置いた。

「ここにその携帯置いてよ。あ、録画は続けといて。ビデオ判定になるかもしれないから」

淡々《たんたん》と説明しながら、机の中心を指さす。

「それで1、2、の3で取り合うんだ。動きはカルタみたいな感じかな。もし、俺が取れたら、携帯は返してもらう。逆に君が勝ったら、明日以降俺は君の事を誰にも言わない。もちろん朝倉さんもね」

中崎君の説明に、泉君の眉がピクリと動く。

「……ほんとか？」

「うん。約束するよ。僕は存在感も信用もないけどさ、朝倉さんが全力で学校側に直《じか》談判《だんぱん》したら、しらばっくれるの大変だろ？　めんどうなことになるじゃん」

泉君は中崎君を睨んだまま動かない。

「あ、もちろん泉君に自信がないんだったら、無理にとは言わないけどさ」

中崎君は泉君を心配するかのように言った。泉君はその言葉を受けて即答する。

「いいよ。はは。それいいね。やろうよ。やってみようよ。思い知らせてやるよ。君の凡人《ぼんじん》っぷりをさ―」

泉君は笑いながら長椅子から降りて、机の中央に携帯を置いた。

「中崎君……」

正直、勝算があるとはとても思えなかった。彼は決して運動が出来るわけではないだろう。さっき追いかけた時も、足は私の方が速かったくらいだ。

対する泉君は、すらりと伸びた手に、たくましい筋肉が綺麗についている。今日の体育の時間も、その腕を鞭《むち》のようにしならせて泳いでいた。

「じゃあ、朝倉さん、合図よろしく」

私の心配をよそに、中崎君は私を机の間に促す。「やめさせなければ……！」そう思うが、その為の名案は何も思いつかなかった。中崎君と泉君は片手を持ち上げて、既に構えをとっている。

「いくよ……」

二人とも答えなかった。私はやけくそでカウントを始めた。

「1……！」

ダメだ。勝てるわけがない。

「2……！」

その時、中崎君が少しだけ微笑んだ。

「3!!」

部室内に私の声が響いた。叫ぶと同時に目を瞑る。私の声は部室の中に残響《ざんきょう》として残り、ゆっくりと散っていった。自分の心臓の音を聞きながら、おそるおそる目を開く。

携帯は、中崎君の手にあった。対する泉くんは、まだ手を宙に挙げたままだ。

「いや、ちょっと待て！　フライングだろ！　今の！　ふざけんな！」

泉君が机を叩いた。中崎君は涼《すず》しい顔をして、私の携帯を操作している。

「してないよ。フライングなんて」

「は？　どう考えてもおかしかったぞ！」

「じゃあ、ビデオ判定だ」

中崎君は携帯を泉君に向けると、録画し続けていた動画を再生した。勝負の部分まで早送りする。画面の上下に、中崎君と泉君が掲げた手が映っている。

『じゃあ、朝倉さん、合図よろしく』

『いくよ……』

『1……、2……、3!!』

「あれ？」

私が「3」のカウントをしても、泉君は全く動いていない。その間に悠々と、中崎君が携帯を掬《すく》い取《と》っている。

「そんな、馬鹿な、なんかおかしいぞ！　どうなってんだ！」

泉君が机を放り投げた。ロッカーにぶつかり、音を立てて転がる。

叫ぶ泉君とは対照的に、中崎君は落ち着き払って言った。

「多分きっと〝数え間違えたんだよ〟」

「そんなわけないだろ！」

泉君は掴みかかろうとしたが、中崎君の言葉がそれを制した。

「あ、再生する前に動画は送信しちゃったから。もう携帯を奪っても意味ないよ」

「そんな……、は？　ふざけんな！」

「ここで俺たち二人を殺して口止めするなら別だけど」

泉君は何か方法がないか、しばらく部室の中をきょろきょろしていた。しかし、最後には両膝をついた。

中崎君は盗まれた物が入った紙袋を拾い上げる。

「とりあえずこれは持ってく。匿名で学校に渡すよ。一週間くらい待つから、その間に自分から白状してくれると、通報する手間が省ける」

「なんで、こんなことに、ちくしょう……。なんで……」

うなだれる泉君に、中崎君が声をかけた。

「幽霊のせいなんかにしたからさ、きっと七不思議達が怒ったんだよ」

膝を強く握りしめる泉君を横目に見ながら、私たちは部室の外に出た。

部室のドアを閉める。

緊迫《きんぱく》した空間から解放されたせいか、夜風が気持ちよく感じた。

「中崎君すご……」

「走って」

近くで見ると、彼の額に汗が垂れているのが見えた。

「さっき動画送信したってので、嘘」

「え？」

「次襲ってこられたらやばいから。走って逃げて！」

言い終わる前に中崎君は走り出した。私も彼の後をついて走った。

私たち二人は、鞄を置いておいたプールまで逃げた。誰も後を追ってこないことを確認してから、プールサイドに座り込んだ。

　中崎君に言われて、携帯から今度こそ本当に自分のパソコンへデータを送る。それを確認した中崎君は、顔をこちらに向けた。

「大丈夫？　朝倉さん」

「何が？」

「怪我とかしてない？　転んだ時にさ」

　過剰《かじょう》とも思えるような表情で、私の体を心配そうに眺める。

「うん大丈夫。平気だよ」

　ピースサインを作ると、中崎君は大きく息を吐き出した。

「よかった。怖かった。まさか飛びかかってくるとは思わなかったから」

　泣きそうになりながら、ため息と一緒に言葉を吐き出した。彼は自分の足を抱《だ》いている。

　さっきまでの落ち着き払った様子とはまるで違う。

　そんな彼を見て、私は思わず噴《ふ》き出《だ》してしまった。中崎君はきょとんとしながら、笑いが止まらない私を見ている。

「あれ？　なんか俺、おかしいこと言った？」

「いや、だって、中崎君、さっきと全然様子違うんだもん！　さっきまではちょっとかっこよかったのに！　今はかっこ悪すぎ！　泉君の前では堂々としてたのに……」

自分で自らの言葉を切る。そういえば彼は泉君の前で私の携帯を操作して、動画を再生してみせていた。

——俺スマホの使い方よく分からないんだ。

証拠の為に動画を撮ろうと言い出したのは、私を危険から遠ざける為だったと思うのは、思い上がりだろうか。

「私の事も、いっぱい心配してくれたのかな？」

中崎君は私の言葉の意味が分からないのか、首をかしげている。

「ふふ、かっこ悪いところが、中崎君の魅力《みりょく》かもね」

「あれ？　今俺けなされた？」

「褒めたんだよ」

中崎君も私の前で、初めて大きな口を開けて笑った。

●

水泳大会当日、そこに泉君の姿はなかった。あれからすぐ彼は自ら名乗り出て、今は処分が決まるまで謹慎中《きんしんちゅう》らしい。学校側はこのことを公にはしていないが、どこからか情報は漏れたらしく、みんなの間では既に噂になっていた。

泉君が欠場したことで、外部から見に来た観客の数は数えるほどだった。せっかく中崎君と作ったプログラムも大量に余ってしまっている。もちろん彼がいない我らがB組は、クラス対抗リレー最下位に終わった。


盗まれた金品が返却《へんきゃく》される時、現金を盗まれた者は一様に高い金額を申告したらしく、なんとも滑稽《こっけい》な争いが繰り広げられた。しかし、真子は素直にネックレスが戻ってきたことを喜び、今日はしっかりと実行委員の仕事をまっとうしている。

歓声《かんせい》や笛の音と飛び込みの音、そこに蟬《せみ》の鳴き声も重なり、プールはお祭りのように盛り上がっていた。

しばらく後に始まる個人種目までの時間を潰《つぶ》していると、フェンスの向こうに、木《こ》陰《かげ》で休む中崎君を見つけた。

「中崎君」

階段を下りて声をかける。彼はクラス代表に選ばれていないので、既に体操着に着替えていた。熱い太陽の下、そこにいるだけでなんだかしんどそうだ。

「見てくれた？　私の泳ぎ。今日、ぜっこーちょーかも！」

「うん。お疲れ様」

水着の上にジャージを羽織っただけの私に気を使ってか、中崎君は目を反らした。

彼の横に座りこむ。

「そういえばさ『ポッケさん』の話なんだけど」

中崎君が前を向いたまま言うが、私が答える前に慌《あわ》てて言葉を足す。

「あ、ごめん。また朝倉さんの苦手な話になっちゃうのかな。こういうのも」

「ふふ。心配性だなぁ」

気遣《きづか》いに対して失礼だとは思ったが、思わず笑ってしまう。

「大丈夫だよ。話してみて。中崎君なら、多分平気」

私の言葉が逆にプレッシャーになったのか、中崎くんは慎重《しんちょう》にしゃべりだした。

「『ポッケさん』の正体が分かったんだ」

「正体？　だから、泉君が犯人だったじゃない」

「泉君も『ポッケさん』の噂を聞いて犯行を考えたって言ってたでしょ？　そもそもの噂の正体の話」

「なるほど。で、なんだったの？」

中崎君は照《て》れ臭《くさ》そうに笑っている。最初の頃には見せてくれなかった自然な表情だ。

「俺の知り合いだった」

「え？」

「俺の知り合いがさ、ゴミ捨て場から、雑誌を拾いまくってたんだ」

「どういうこと？」

「前から似たようなことはやってたんだけど、最近は読んだことない雑誌も開拓《かいたく》するんだって言って、特にその量が増えててさ。そんな事してる内に、あれ？　さっき捨てた雑誌がない。って話から、だんだん噂が膨《ふく》らんで……」

「『ポッケさん』になったの？」

「そうみたい」

「なにそれ。ふふ、人騒がせな知り合いだね」

「うん。注意しといた」

中崎君は申し訳なさそうに言った。

会話が途切《とぎ》れると、セミの声が大きくなった。

お尻の下のコンクリートが熱くて、少しだけ位置をずらす。

「今日も暑いねー」

「そうだね」

去年はこの時期、早く涼しくならないかと愚痴《ぐち》をこぼしていた。冬よ来いと。しかし、今年は卒業を控えている。真子や友人と離れる事を考えると、ずっと夏のままでもいいのかもしれないと思ったりもする。

「中崎君はさ、進路どうするの？」

「えーっと、まぁ、適当に進学かな」

「そっか〝とりあえず〟組か。私と一緒だ」

照りつける太陽が、濡《ぬ》れた私の髪をどんどん乾《かわ》かしていく。

「この前かっこ悪いことがいい時もある。っていったの覚えてる？」

「うん」

あの時は泉君が来て、話が途切れてしまった。

「私さ、お姉ちゃんが何でも出来る人で、どうしても自分を比べちゃってさ。時々、それがプレッシャーにもなってたの。だからさ、かっこ悪いっていうか、人間臭い人の方が、なんか一緒にいて安心するんだ。逆になんの迷いもなく突っ走ってる人って、怖いっていうか、圧倒されちゃって」

中崎君は言葉を返さない。しかし、馬鹿にされたと怒っているわけでもなさそうだ。

「でもプレッシャーになるって言ってたわりに、お姉ちゃんを頼りにもしてたんだよね。小学校に上がるのも、中学で部活選ぶのも、スイミングスクールだってお姉ちゃんの真似して入ったし、お姉ちゃんが先に経験してて、ああすればいいこうすればいいってアドバイスもらってた。ずるいよね」

「ずるいとは、思わない」

中崎君はゆっくりと言った。

「でもお姉ちゃんは高校生の時に死んじゃったからさ、大学とか行ってないんだ」

「そっか」

話題に気を使ってか、彼は静かに相槌だけ打つ。

「だからこれから先はお姉ちゃんの経験を当てにできないわけで、私にとって本当に未知の領域になるんだよ」

「うん」

「やっぱり、不安にもなるよね。泉君みたいにずば抜けて得意な事とか、打ち込める事があれば、定まってくるんだろうけど」

曲げた膝を抱く。プールの水が数滴《すうてき》まだ足についていた。

「そうだね。それは、すごく分かる」

蟬の声がひときわ大きくなる。私が卒業する日なんて、ずっとこないんじゃないかと、その時一瞬だけ錯覚《さっかく》した。

『三年の部、個人種目、自由形の選手は本部横に集合してください』

アナウンスが流れた。

「行かなきゃ」

私は立ち上がる。

「うん。頑張って」

将来のことを言ったのか、種目の事を言ったのか分からなかったけど、私ははっきりと返事をして、中崎君にピースをした。

あの日、一つ不思議なことがあった。

泉君から取り返した紙袋の中を確認した時、そこにはなぜか姉の形見のイアリングが、片方入っていたのだ。箸や、漫画と同じように、泉君はこのイアリングも片方だけ盗んでいたのかもしれない。でも私は事件が発覚してすぐに、アクセサリーの入った缶ケースを確かめたのだ。

「そんなはずは……」

鞄にしまっておいた缶ケースを確認する。そこにはあの時、確かに二つあったイアリングの片方がなかった。しばし呆然《ぼうぜん》としていると中崎君が言った。

「きっと〝数え間違えたんだよ〟」

どこか不思議で、静かで、でもすごく人間臭いクラスメイトの中崎君。もう少し、彼と話してみたいと思った。次に会った時、アドレスでも聞いてみよう。


飛び込み台に立つ。目の前には空みたいな色をしたプールが広がっている。

「位置について！」

笛を吹くのは真子だ。隣のコースでは、水泳部の選手が美しい飛び込み姿勢をとっている。

——これは勝てないな。

私は苦笑いする。

真子が笛を吹いた。

——飛び込んじゃえばいいんだよ。

心の中で呟いて、私は思いっきり地面を蹴とばした。

秋の章

生徒の多くはブレザーかセーターを着込んで登校していた。落ち葉が踏まれる度に、乾いた音が鳴る。俺自身も風を避《さ》ける為、ポケットに手をいれたまま歩いていた。

「いやー。朝は流石に肌寒いのぉー」

校門でテンコが待っていた。着物の袖に手を隠しながら肩をすぼめている。

「幽霊に寒いもなにもあるのかよ。夏も暑い暑い言ってたけど」

駐輪場に自転車を止める生徒達をうかがいながら、俺の声が聞こえないよう注意しながら話す。

「寒いも暑いもあるわ。花子のやつなんて冷えるようになってからこの方、全然出てこなくなったであろう？　あいつは寒いの大嫌いじゃからなー」

言われてみれば最近、彼女の姿を見ていない。

「魂の欠片でも、そんな一面があると微笑ましいな」

「一昔前に、物凄《ものすご》い情熱的な部分が欠片として残った七不思議がおっての。その七不思議があった頃は楽だったんじゃが……」

テンコは腕を組みながら宙を見上げた。

「なんだよ、火でも起こせるのか？」

「『情熱のラケット』。そのテニスラケットを握ったものは、テンションが上がって、寒さとかどうでもよくなるのだ」

「気持ちの問題⁉」

「青上はこのラケットを持って寒中水泳特訓をしてたという話じゃ。それがなければ金メダルなど夢のまた夢であっただろう！」

「青上選手の金メダルの裏には、そんなドラマが……って嘘だろ、さすがにそれは」

「半分はな。嘘じゃ」

「そのラケットはあったのか。いろんな七不思議がいるんだなぁ」

「人間にいろんな人生がある以上、残る魂の欠片にもそれぞれ事情はある。昔の七不思議にも、今の七不思議にも。悲しいものから、楽しげなものまでな」

「十人十色ってことか」

「百人百様じゃ」

「千差万別だな」

「……お、億人億様じゃ！」

「そんな熟語ないだろ！　張り合うな！」

「あるわ！　お主が生まれる前にはあったのじゃ！」

「それ言い出すのずるいぞ！」

「おっと、そうじゃ。別に世間話をする為に待ってたわけではないのだった」

テンコの表情が紙芝居《かみしばい》のように切り替わる。都合が悪いから話をすり替えたわけではないのが、テンコらしいところだ。

「じゃあ、なんで待ってたんだよ」

「朝倉の事じゃ！　昨日はどんなメールを交わしたのじゃ？　ん？」

俺は夏休み前に朝倉さんとアドレスを交換した。メールの返信に時間がかかる度、自分の打ったメールに不快にさせるようなところはなかったか文面を読み直し、何度も学校に来て『呪いのメール』の力を借りようかとも思ったが、その度に何とか思いとどまった。

「またその話題かよ。飽《あ》きないなお前も」

「飽きぬな。他人の色恋は見ていて楽しい！」

「趣味悪いぞ」

アドレスを交換したことを知ってからというもの、テンコは「恋人がいないか探れ」に始まり「夏休みにデートに誘え！」「二学期になったら告白だな！」といちいちはやし立てた。

「ほれほれ、見してみぃ、昨日のメール！」

「昨日はメールしてないよ」

テンコは大げさに頭を抱《かか》えた。

「かー！　頼りないのぉ！　そんな消極的な子供に育てたつもりはありません！」

一言断ってから下駄箱に上がると、ちょうど朝倉さんが立っていた。「噂をすればじゃな！」とテンコが笑った。

「あ、おはよ。もう朝は寒いねー」

彼女はカーディガンの裾《すそ》から出た指先を上げて挨拶する。

「あ、うん。おはよ。風邪《かぜ》は大丈夫？」

俺は自分の靴《くつ》を履《は》き替《か》えながら、目を合わせずに返した。

「もう治ったよ。ぜっこーちょー！　昨日もメールでそう言ったじゃん」

「なんじゃ！　メールしとるではないか！」

頭の後ろでテンコが騒ぐが無視をする。

朝倉さんは既に上履《うわば》きだったが、俺が靴を履き替えるのを待ってくれていた。

自分の足元を見ながら、一緒に教室に向かう。

「もう少しで文化祭だね。中崎君は、なにかやったりしないの？」

朝倉さんは廊下に貼られた文化祭のポスターに目をやった。『清城祭せまる！　開会式でのパフォーマー募集《ぼしゅう》！』と大きく書かれている。

「いや、別に」

「だよねー。受験生だもんね」

別に受験生でない去年も何もしなかったが、それは言わないでおく。

「朝倉さんは？」

「私もクラスの出し物手伝うだけだよ」

清城高校は文化祭を今週末に控えていた。しかし、受験生にはそんなことをしてる暇はない。早々に進路を決めた三年生だけが、他の生徒の邪魔《じゃま》をしない範囲で、小規模に準備を進めていた。朝倉さんも既に推薦《すいせん》入試で合格を決めたので、その中の一人だ。

「中崎君は勉強順調？」

「うん。まぁ一応」

俺はというと大多数の生徒と同じく、大学進学を目指して勉強量を増やしていた。

机に向かってひたすら問題を解いていると、意外なことに将来に対する心配をする余裕がなくなった。普段あらゆることにいちいち考えを巡らせ、悶々《もんもん》とする俺にとって、それはむしろ心地のいいものでもあった。

「大学生の自分かぁ、なんか想像つかないよね」

朝倉さんが天井《てんじょう》を見上げて言った。

「そうなの？」

「だってさ、毎日学校に私服で通うんだよ。ちゃんとお化粧《けしょう》してさ、アクセだっていろいろ揃えなきゃ。中崎君は自分が大学生になってるの、想像できる？」

「いや、俺はそもそも合格すらまだだし」

「大丈夫だよ。中崎君なら」

朝倉さんは笑った。根拠のない言葉ではあったが、不思議と不快ではなかった。

「あ、そうだ。私日直だから、職員室寄ってく。またね」

朝倉さんは手を小さく振って、職員室へと歩いて行った。

俺は大きく息を吐く。彼女と話していると、うまく呼吸が出来ない。周りの空気が薄くなった気さえする。

「で？　いつ告るのだ」

テンコはちゃかすわけでもなく、大真面目な表情をしている。

「別にそんなつもりはないよ。もし仮に、なんて言うまでもなくふられるだろうし。

それから気まずくなるし。身の程知らずとクラス中に笑われるかもだし」

「出たな、心配病め」

テンコは舌を出して苦い顔をした。

「成就しない恋もまた恋じゃ。じゃが、想いを告げずに終わった恋はただの思い出じゃ。当たって砕《くだ》けろ!」

「砕けたくないんだよ。俺は」

「砕けても優しくわしが慰《なぐさ》めてやる!」

テンコは大きく手を左右に開いた。俺は無視して階段を登り始める。

「とは言うものの、あながち不可能でもないかもしれんぞ。夏休み前にお主がアドレスを聞いた時は、普通に教えてくれたんじゃろ? どうでもいい相手には、適当に断る女子もおるらしいぞ」

前から生徒が降りてきたので、俺は返事をしない。

「だがメールで告白。過半数以上は『なし』。口下手《くちべた》なお主には痛い情報じゃなー」

すれ違った生徒が離れた事を確認してから答えた。

「どこ情報だよ。それ」

「セブンティーンじゃ」

「なんでファッション情報じゃなくて、後ろの文章熟読してんだよ」

「ファッションと言われてものぉ。着替えてもよいが、別に見せる相手もおらんし」

テンコは着ている袴を眺めながら、くるりと回った。高い身長とそのスタイルならば、大体の物は似合うのだろう。

「着替えるって言ってもお前、あぁ、できるのか。最初会った時は制服着てたもんな……うわっ」

階段を登りきると、大きな背中にぶつかって尻もちをついた。

「いってーな。殺すぞ」

見上げると、そこには堀田が俺を睨みつけて立っていた。

「すいません」

俺は早口で謝ると、素早く立ち上がってその場から離れた。

「なんじゃあいつは！　春はちびっておったくせに！　えらそうにしおって！」

テンコは堀田に向けて舌を突き出している。

「お主よ！　またあいつにお灸《きゅう》をすえてやろうぞ！　ほれ！　呪いのメールじゃ！」

「最近は大人しいんだからいいだろ」

噂で聞くには、春の一件以来、つるんでいた悪友とも距離を置いているそうだ。夏の間も、あいつが問題を起こしたという話は聞かなかった。

「今の態度が気に入らんのじゃ！」

「気にいらないってだけで懲《こ》らしめてたら、俺があいつ以上の迷惑者だぞ。そんな事で使われる呪いの携帯の身にも……ん？」

俺はポケットから取り出した携帯を見て、違和感を覚える。開いてみるが、画面は真っ黒のままだ。適当にボタンを押してみるが反応はない。

「おい、テンコ！　これどうなって……」

向かいから来た女生徒を見て、俺は声を落とす。

「おい、これどうなってんだ？　携帯壊れてんぞ！」

焦ってテンコに画面を見せる。

「あー、充電切れじゃな」

「……え？」

●

昼休み、俺はコンビニで充電器と昼食用のパンを買った。コンビニは学校から離れても平気な圏内《けんない》らしく、テンコも買い物についてきた。

「まさか『呪いのメール』の携帯に、充電が必要だとはな」

学校に戻る道すがら、テンコに話しかける。

「魂の欠片が宿っておるだけで、本来はただの機械じゃからな」

「ふーん。逆に今までよくもってたってことか」

「あ！」

テンコが突然《とつぜん》空中で静止した。

「なんだよ、どうした？」

「しまった。どうせならジャンプ読んでくればよかったの。お主よ。戻るか。めくってくれ」

テンコが雛鳥《ひなどり》のように袖をパタつかせる。

「戻らないよ。飯食う時間なくなるだろ」

俺は歩き始める。テンコも渋々《しぶしぶ》ついてきた。

「漫画以外の暇つぶしでも見つけたらどうだ？」

「例えばなんじゃ？」

「うーん。映画とか？」

適当に言ったが、思いのほかテンコには好感触だった。

「映画か！　ありじゃの！　一度視聴覚室《しちょうかくしつ》のスクリーンで観てみたかったんじゃ」

「それはさすがに誰かに見つかるだろうけど、テレビで見るくらいならいいだろ。どんなのが見たい？　今度借りて来てやるよ」

「ホラー！」

テンコは顔を突き出して即答した。

「お化けがホラー見てどうすんだよ」

「いやー、こんな幽霊おらんわーとか、お、ここに映りこんどるのは本物じゃな。とかするのが面白いのではないか」

子供のように動作を交えながら笑顔を浮かべる。大人びた顔つきが台無しである。

「また独特な楽しみ方だな。お前からすると、そういうのも分かるのか」

「まぁの。わしに言わせればイタコなんてどれも眉唾《まゆつば》じゃ。魂の欠片というのは全体のうちのわずかな一部分の残留思念や性質でしかない。それを憑依《ひょうい》させたところで、会話などできるわけなかろう。無理無理」

「レアケースってのもあるんだろ。魂がしばらくまるごと残るパターン」

「めったに起きぬからレアなのじゃ。ましてや歴史上の人物の魂など残っておるわけがなかろうが」

昔テレビで見た降霊術《こうれいじゅつ》の特集番組を思い出す。恐ろしくなる前にチャンネルを変えたが、そう敏感《びんかん》になることでもなかったようだ。

「あ、でもあれはあるぞ。幽体離脱《ゆうたいりだつ》。魂が肉体を一時的に離れるってやつ」

「へーそうか。じゃあ、死んだのにそれに気づかないってのは？」

「それはどうかのー、魂本人の自己認識まではよく分からんな」

テンコは腕を組んで真剣《しんけん》に考えようとしたが、すぐに諦《あきら》めた。

「まぁ、今度適当に映画持ってきてやるよ。『シックスセンス』とか」

「一作目から持ってきてくれぬか」

「別に『センス』って映画の六作目じゃねーよ」


学校の敷地内に戻ると、アカメが待っていたかのように木から離れて肩に乗ってきた。買ってきたパンを催促《さいそく》しているのか、クチバシで数回突いてくる。

「おいおいアカメ、またそいつ連れてきたのかよ」

右肩だけでなく、左肩にも小鳥がとまった。すれ違った生徒が両肩に小鳥を乗せた俺を珍しそうに見ている。携帯を開いてこちらに向け始めたので、足を速めて物陰《ものかげ》に入り込んだ。

アカメは秋になってから同じ種類の鳥と仲良くなったらしく、二羽でご飯を貰いに来ることが増えた。俺はパンをちぎってアカメに渡す。

「ここだと人に見られるから、先に教室行っとけ。俺もすぐ行くよ。ただエサは別にいいんだけどさ。アカメ、もしかしてそいつ恋人か何かか？」

アカメはパンくずをつまむと、もう一羽と飛び立っていってしまった。

「というか、恋人って言っても、アカメってそもそもオスなのか？　メスなのか？」

問いかけるが、テンコは後ろを向いていて、俺の話を聞いていなかった。

「なんだよ。何かあるのか？」

俺もテンコにつられて振り向くが、特に気にすべきものはなかった。

「何かあったのか？」

「いんや！　何も！　見間違えじゃ！　ほら、行くぞ」

テンコはそそくさと先へ向かった。俺もその後についていく。

校舎に入ると寒さは少し和らいだ。階段を登っているうちに暑くなり、ワイシャツのボタンを一つ外す。教室までたどり着くと、いつものように足元の小窓をどかし、体を滑り込ませた。

教室内に入ると、窓際にはさっきの約束通り、アカメが留まっていた。

「お前だけか。友達はどうしたんだ？」

窓に近付いて指を伸ばす。その途端アカメは体をぴくんと動かし、窓から勢いよく飛び去った。なにかアカメの気に障ることをしてしまっただろうか。一度はそう思ったが、少し遅れて俺も気配に気づく。

振り返ると、小窓から朝倉さんが顔を出していた。

「あ、どうも、えっと、入ってもいいのかな……？」

彼女は膝をつきながら教室の中に入ってくる。小窓をくぐって立ち上がると、服の汚れに驚き、埃をはらった。

「さっき中崎君が通るのが見えてさ」

彼女の声は聞こえていたが、頭には入ってこなかった。自分の心音ばかりが大きくなって、耳を満たしていく。

「文化祭のことで聞きたいことがあったから、話しかけようと思ったんだけど……中崎君？」

反応を返さない俺を、不安そうな顔でうかがう。

「えっと、ごめんね。思わず跡つけちゃって。あのね、」

俺は走り出した。朝倉さんと目を合わせずに横を抜け、小窓から体を滑らせて廊下に飛び出した。後ろで彼女が俺を呼び止めた気がしたが、俺は無視して走った。

どこへ向かっていいか分からず、結局トイレに駆け込んだ。

個室に入り便器の蓋に座りこむ。

「何やってんだ、俺は……」

荒くなった自分の呼吸に耳を澄《す》ます。大した距離は走っていないのに、手にはじんわりと汗をかいていた。

「すまんな」

ドアの向こうからテンコの声がした。

「大きなおせっかいをしてしまったようじゃ、すまぬ」

さっきテンコの様子がおかしかったのは、きっと俺をつけていた朝倉さんに気付いていたのだ。気づいていて、黙っていた。

「謝らなくていい。ただ〝幽霊一の正直者〟の称号《しょうごう》は返上しろよな」

「すまん。お主らの仲が進展するきっかけになればと思ってな」

「……そうだな」

あの場所を朝倉さんと共有して、一緒にお昼を食べられたら、そんな想像をしたことがないわけではなかった。だが、いざ教室に彼女が入って来るのを見て、俺はパニックになった。あの瞬間に、決定的になにかが変わってしまったような気がした。

「怖かったんだ」

俺と朝倉さんの仲が進展することを俺は恐れた。そしてその恐怖は、決してただ悪い方向に進むことを恐れたものではなかった。いい方向に変化する確証があったとしても、俺は同じように逃げ出しただろう。

彼女との関係が進むことは、同時に自分の世界が変わることでもあった。そこにある、まだ俺が知りもしない苦しみが俺は怖かった。

「本当に、ダメなやつだよな、俺は」

顔を手で覆う。

「朝倉さんのことだけじゃない。全部怖いんだよ。将来とか、未来とか。なんか大人はみんなしんどそうにしてるし、ニュースは怖いことばっかだし。俺が高校卒業して、受験して、就職して、それでもまだそっから先にも、とんでもなく長い人生が待って て。その形はまだ何一つ決まってないんだ。心配することすらできないんだ。それが俺は怖い」

得意なことより苦手なことの方が多い。好きなものより嫌いなものの方が多い。きっと俺はどこにいっても、きっと何かを恐れているのだろう。

「俺は……」

声が震え始めたことに気付いて、口を強く閉じた。顔を数回手でこする。

「くっそー。なんだよ。ださすぎる。やばい、どんな顔して次朝倉さんに会えばいいんだ」

「心配するな」

テンコがようやく口を開いた。

「どんな顔をしても、男前にはならん」

「余計なお世話だよ」

●

文化祭が翌日に迫っていた。今日の授業は短縮されて、学校中で準備が始まっていた。

「何の音じゃろなー!」と言い残して、テンコは体育館へ飛んでいった。おそらく軽音部か何かのリハーサルだろう。

うちのクラスはバザーを出店する予定だ。明日に備えて、机の並《なら》び替《か》えや、看板や値札の制作があちこちで行われている。

朝倉さんとは、あの日以来まともにしゃべっていない。謝罪のメールをいれようかと文面を打ってみたが、結局送信できなかった。朝倉さんの言っていた文化祭に関する用事も、何のことか分からないままだ。

「地味じゃね？　もっと派手にしようぜ」

「俺この赤本売るわ。こんなとこ受かるわけねー」

「諦めんなって！」

前日という事もあって、まだ進路が決まっていない生徒も居残って準備をしていた。帰りづらい空気が漂っていたので、俺も教室の隅で看板の色塗りを手伝った。

作業の途中で窓から差す日が段々とオレンジに代わり、さっき塗った文字の色がくすんで見え始めていた。

「中崎さ、はみだしすぎじゃね？　それ」

「あ、ごめん」

さっき初めて話したクラスメイトと作業を続ける。

「なんかイラスト描いてもいいぜ。犬とか猫とか」

「やめとくよ、俺が描くと宇宙人になるかも」

「じゃあ、宇宙人描けよ。犬っぽくなるかもしんないぜ。あ、渡辺《わたなべ》なにそれ、俺にもやらせろよ」

彼はペンを放り投げると、バザーに出すオモチャで遊んでいる友人達の元へ走って行った。

「宇宙人か……」

頭の中で下書きをしてみるが、それすらもうまくいかなかったので、イラストは大人しく諦めることにした。

しばらく一人で作業を続けていると、声をかけられた。

「ここ空いてる？」

看板の向こう側を指差して、朝倉さんが立っていた。俺は彼女の顔を確認すると、すぐ手元に目線を戻す。

「うん。空いてると思う」

朝倉さんは床にゴミ袋を敷いて、その上に座りこんだ。

「うるさかったら言ってね」

そう言うと彼女は持っていた袋から風船をとりだし、膨らませ始めた。しかし、膨らむのは彼女の頬ばかりで、風船は中々大きくならない。

「あの、代わろっか。仕事」

やっと言いだせた頃には、彼女の顔は赤くなっていた。

「なんか膨《ふく》らますの苦手なんだよね。水泳得意な分、肺活量は悪くないはずなんだけど。教室中に飾《かざ》るんだって。たくさんだけど頼める？」

彼女は頬を片手でさすりながら、マジックを受け取って看板の色塗りを始めた。

「あ、絵も描いていいって。犬とか、猫とか」

「宇宙人とか？」

朝倉さんがこっちを向いて笑った。

「聞いてたの？」

「まぁね、ちょっと近くに来れないか探ってた。謝りたかったからさ」

俺は風船の口を縛《しば》り、次の風船を手に取る。彼女もペンをピンクに持ち替えて、次の字を塗り始めた。

「ごめんね、秘密の場所だったんでしょ？　あそこ。無神経に入っちゃってごめん。そりゃ怒るよね」

「いや、怒ってない！」

急に口を離したので、風船から空気が抜けた。自分の唾液《だえき》が顔に跳ね返る。

「そうなの？　怒ってるかと思った」

朝倉さんはペンを止める。

「怒ってるわけじゃなくて、なんか驚いただけ。俺も変な態度とってごめん」

「誰にも言ってないから、あそこの事」

微笑んで、朝倉さんはまた作業に戻った。色彩《しきさい》センスも、丁寧さも俺の比ではなかった。彼女が塗り始めたところから、別の看板に変わったようだ。

「いつもあそこで食べてるの？」

「えっと、まぁ、大体は。俺、友達いないから」

取《と》り繕《つくろ》っても仕方ないので、正直に答えた。

「そっか、彼女と食べてるのかなって、思ってた」

予期せぬ答えに、膨らみかけの風船がどこかに飛んでいった。

「は？」

「中崎君、教室でご飯食べないでしょ。誰と食べてるのかなーって思って。実はそれが気になってて、跡つけちゃった。文化祭の用事ってのは嘘」

少し舌を出して、朝倉さんはいたずらっぽく笑った。

「え……馬鹿じゃないの？」

「えー！」

「いやだって、俺に彼女なんているわけないでしょ」

「いるかもしんないじゃん」

互いに作業を進めながら、青上選手が金メダルをとった事や、彼女の友人の事など、久しぶりに他愛のない会話をした。

全ての風船を膨らませ終わり、それを朝倉さんに預けて俺は先に帰ることになった。少しだけ後《うし》ろ髪《がみ》をひかれながら廊下に出る。冷たい空気にあてられて、自分の顔がほてっていたことに気が付いた。

「おい」

心地のいい感覚に水を差すように、聞き覚えのある低い声に呼び止められる。振り向くと、声の主はやはり堀田だった。

「はい、なんでしょう……？」

堀田は俺を睨みつけている。押されるように一歩下がり、距離を取る。

「お前、朝倉と付き合ってんのか？」

予想外の質問だった。頭が真っ白になり、言葉が出てこない。

「え……いや、なんで？」

俺が質問に答えるまで、動くつもりはないようだ。堀田は無言で俺を睨んでいる。

今、朝倉さんと俺が会話していたのを堀田は見ていたのだろう。だからこんな質問をしたのかもしれない。

「はい」

自分の答えに、自分で戸惑った。気付いた時に口から出ていたのは肯定《こうてい》の返事だった。

何か言おうとしたのか、堀田の口がわずかに動いた。握り拳を強く握って、堀田の返答を待つ。もし仮に嘘がばれたら、殴られたら！　そんな考えが、泡《あわ》のように湧《わ》いては消えた。

「そうか」

俺の混乱を無視するかのように、堀田はただそう呟いて帰って行った。

しばしそれを茫然《ぼうぜん》と見送った後、知らぬ間に入っていた肩の力を抜き、両手を振って手汗《てあせ》を乾かした。

「とんでもない大嘘をついたものじゃの。ばれたらはずかしいぞー」

後ろにはいつの間にかテンコがいた。腹を押さえて笑いをこらえてる。

「お前……！　いつから戻ってた⁉」

「はっはっは！　お主が嘘をついた時からじゃ。お、久しぶりにお主の真っ赤な顔を見たの」

「うるせぇ」

テンコが俺の頭をなでようとしたが、首を捻《ひね》って避けた。

●

文化祭一日目。天気にも恵《めぐ》まれ、大勢のお客や、忙しそうに走り回る生徒達の姿で、学校中が賑《にぎ》わっていた。

受験組の生徒の為に、祭の最中も図書室は開放されている。勉強したい者はここへどうぞ。という気遣《きづか》いのつもりらしい。しかし、利用する生徒は一握《ひとにぎ》りで、俺もそこへは向かわなかった。そこら中から楽しそうな声や、音楽が聞こえてくるのだ。集中できるはずがない。

クラスの店番の時間まで、適当に文化祭を見て回ることにした。

歩いていると、仮装をしている生徒が多く見られた。パンダの着ぐるみ、アニメキャラクター、スーツ。そんな中にテンコも混ざっていた。

「どうじゃ！　似合っておるだろう！」

テンコはいつもの袴姿ではなく、真っ赤なドレスを着て廊下に浮いていた。

「ふふふ、さっき見かけた演劇部の衣装を真似てみたのじゃ。いやーわしが幽霊でよかったの！　みなにこの姿が見えておったら、大変な騒ぎになるところじゃ！」

おそらく先日のファッションうんぬんの話に感化されたのだろう。くるりと回ってスカートを傘《かさ》のように躍《おど》らせた。背中が大きく開いた大人びたドレスはテンコに似合っていたが、褒めるのも癪《しゃく》なので黙っておいた。それでもテンコは一人で自らの服装を眺めては、度々にやけていた。

「お主はどうじゃ！　楽しんでおるか？　ん？」

「まぁ、人並みにはな」

「そのわりには何も買っておらんのぉ」

「別にまだ腹も減ってないし、特にほしいものもなぁ……お」

通りがかった手芸部の露店《ろてん》で、オレンジ色の手袋を見つけた。既製品《きせいひん》に部員が一手間加えたものらしく、手頃《てごろ》な値段だったので、一組購入《こうにゅう》した。

「お主の手には小さくないか？　それ」

「俺が使うんじゃないよ」

「もしや、わしへのプレゼントか？」

テンコを無視して、人気《ひとけ》のない場所を探して歩いた。

結局校舎から出て、体育倉庫の裏にたどり着く。

「はーなこさん」

壁が裂けてトイレが現れた。しかし、十五センチほどの隙間が空くだけで、それ以上ドアは開かない。花子さん本人の姿も見えない。

「花子さん？　どした？」

「冷たい空気が入ってくるのが嫌なのだろう」

「ほんとに寒がりなんだな」

俺は買った手袋を隙間から差し入れる。

「これもしよかったら。まぁ、お化けにこれで防寒になるのかは分からないけど」

手袋が中で支えられたので、俺はトイレから手を引き抜く。それと同時にトイレのドアはゆっくりと閉まった。

「わいろとは抜け目ないの」

振り向いて歩き出すとテンコが言った。

「言い方悪いぞ。アカメにご飯あげるのと似たような事さ。魂の欠片っていっても、あんな女の子の形してたら、お礼の一つもしたくなるだろ」

数メートル歩くと、後ろでドアの軋む音が聞こえた。先ほどと開いた隙間は変わらなかったが、そこからオレンジ色の手袋をはめた腕を出して、花子さんが俺に小さく手を振った。

「今回はうまくいったようじゃな」

「〝今回は〟ってなんだよ」

「わしはてっきり朝倉に贈り物をする予行練習かと思ったのだが。違うのか？」

からかっているのではなく、本気でそう思っている様子だ。

「違うよ。想像力たくましいなお前は」

「しかし、本当に朝倉に贈《おく》り物《もの》をする時は気を付けるのだぞ。女子の愛が冷める時ランキング二位は『変な贈り物』らしいからの」

「冷める愛がそもそもないから大丈夫だよ」

また何かの雑誌の情報らしい。テンコはたまに、数年前の雑誌を読んでいることもあるので、話半分に聞き流す。

「やめておけよ。オリジナルで作曲した歌のプレゼントとか。お主の歌唱力は幽霊も逃げ出したくなる程ひどいものだからな」

「俺の歌はお経《きょう》レベルなのか。欠片の魂にすら逃げられるって相当だな」

「失敗せぬよう、しっかりと事前にサーチせい。こんなん欲しいと言っておったとか。最近失くしたものがあるとか。あ、ちなみにわしが最近ほしいのはだな……」

「肥料か？」

「なんでじゃ！」

「だってお前、桜の精霊なんだろ？」

「あーなるほど」

皮肉に怒るどころか、テンコは手を叩いて納得してしまった。

「分かったよ。何か見つけたら買ってやる」

「本当か！　おー。いいのぉ、贈り物」

「贈り物じゃない。わいろだ」

テンコの希望でマフラーを買うことになった。二度も女性向けデザインの商品を買いに来た俺を、手芸部の生徒が不思議そうに見ていた。

普段のテンコの服装に合わせて、赤いマフラーを買った。それを渡すと、テンコはすぐにいつもの袴姿に戻った。マフラーをした人間を見たことはあっても、実際に巻くのは初めてらしく、マフラーの大部分が垂れ下がったままだった。それでもテンコは顔をマフラーに埋《うず》めて満足そうにしていた。

特にお目当てはなかったので、その後はテンコについて文化祭を回ることにした。彼女はジグザクに動き回り、見ているこっちが疲れてくる程だった。

「うお！　なんじゃあれは！」

テンコはまたコースを替えた。科学部の実験ブースに目を奪われたらしい。

「シャボン玉の中に人が入っておるぞ！」

人ごみの上に浮かんで、テンコが実況《じっきょう》してくる。俺からは人だかりでよく見えない。

「お前にしてみたら数十回目の文化祭だろ。よくそんなにテンションあげられるな」

俺も非日常なイベントに心が浮ついていないわけではなかったが、テンコのはしゃぎようはそれ以上だった。

「はっはっは！　何度あっても年に一度の祭りごとじゃ！　毎年生徒が違えば、やることも変わるしの！　それに今年はお主と周れるからな！　あ、割れた！」

テンコの気の向くまま学校をねり歩いた。文化祭期間中は立ち入り禁止になっている校舎もあったので、一周りするのに、それほど時間はかからなかった。

自分の教室に戻ると、思いのほかバザーは盛況《せいきょう》なようだった。遠くから接客に追われる朝倉さんを見つけた。飾り付けの風船を外して、子供に渡している。

「あ、中崎、おつかい頼まれてくれよー」

昨日、看板の仕事を俺に割り振ったクラスメイトが、一枚のメモを渡してきた。

「ガムテープとマジックと、あと……盛り上げグッズ？」

メモに書かれたあやふやな項目に関して聞き返す。

「なんか客寄せになるようなもの買ってきてくれよ。こう、見た目に派手な感じの、目を引くようなさー」

「具体的には？」

「お前に任せる！　あ、いらっしゃいませー」

彼は接客に戻ってしまった。俺は何を買ってくればいいのか首をひねりながら、近所の百円ショップに向かった。

文化祭当日ということもあって、ガムテープは売り切れだった。代わりになりそうなビニールテープをかごに入れ、オモチャコーナーに向かう。さっき校内を周った時に目についた、盛り上げグッズを購入した。

学校に戻ると、校門に設置されたオブジェの前でテンコが待っていた。俺を見つけるなり、手首が外れるのではないかという勢いで手招きをした。

「事件じゃ！　事件じゃ！」

「なんだよ。演劇見に行ったんじゃなかったのか？」

「それどころではないのだ！　いいから急げ！」

テンコに急《せ》かされて早足で階段を登る。袋の中のビニールテープが、何度か腿《もも》に当たって跳ねた。

教室に戻ると、中にお客はいなくなっていた。扉には『準備中』と書きなぐられた紙が乱雑に貼《は》ってある。

「あ、えっと……買ってきたよ。これ」

どうしていいか分からず、買い物を頼んだ生徒に声をかける。

「あ、中崎、今それどころじゃねぇんだ」

彼は早口で言って、荷物の受け取りを拒《こば》んだ。困っていると、別のクラスメイトが俺に話しかける。

「中崎。お前のロッカー見せてくんね？」

教室にいる生徒は、みんな一様に厳しい顔をしている。さっきまでのお祭り気分はどこかへなくなっていた。

「どうしたの？」

「売上をさ、封筒《ふうとう》に入れておいといたんだけど、いつの間にかなくなってんだよ。午前中の分だけだから大した額でもないんだけど。一応みんなのロッカー見てるんだ。お前のも見ていいか？」

教室後方のロッカーを見ると、他の生徒が互いにロッカーを見せ合っていた。その横では、お金の管理をしていたらしい女生徒が涙を流している。

「いいよ。二十三番が俺のだから」

「祭りの最中に泥棒とは、無粋《ぶすい》この上ないな！」

後ろでテンコが腕を組んで憤《いきどお》る。

買い出しの品をどこに置こうか迷っていると、ロッカーの方が騒がしくなった。

「おい、これ……」

「おい！　あったぞ！」

「マジで？　よかった」

ロッカーの前に立った生徒の手には、茶色い封筒が握られていた。中からは数枚のお札がはみ出ている。

「どこにあったんだよ」

「このロッカー」

「誰の？」

「中崎……」

漏れ聞こえる言葉の中に、俺の名前が挟まった。その途端、クラス中の視線が俺に向けられる。

「中崎。説明してくれよ」

封筒を手に持った生徒が、突進《とっしん》するような勢いで俺の所に向かってきた。思わず黒板まで後ずさってしまう。

「こいつのわけなかろうが！　さっきまで外に出ておったのじゃぞ！」

テンコが叫んだが、もちろんその声はみんなに聞こえない。

「お前のロッカーに隠してあったぞ。どうなってんだ！」

数名の男子に囲まれる。奥の方では女子生徒が揃って俺を睨んでいた。

「俺じゃないよ。だってさっきまで外に……」

「その前に盗《と》ったんじゃねぇか？」

「そうだ」

「正直に言えよ！」

口々に問い詰められ、言い返す隙《すき》もない。彼らは俺から真相を聞き出したいのか、それとも責め立てたいのか分からない。

そんな中、俺の頭を、ある男の名前がよぎった。

――堀田だ。

おそらく堀田が俺のロッカーに封筒をいれたのだ。復讐《ふくしゅう》か、八つ当たりの為に。周りでクラスメイトが叫ぶのを聞きながら、俺は脱力《だつりょく》した。朝倉さんと付き合っているなんて嘘をついた報いかもしれない。

「おい！　なんとか言えよ！」

反論することすら億劫《おっくう》になった。このまま濡《ぬ》れ衣《ぎぬ》を被ってもいいとすら思った。元から失う評価も人望も俺にはないのだから。それよりも堀田の復讐の対象が朝倉さんでなかったことに、安心すらした。

「おい、お主。おかしくはないか？」

テンコが俺を囲む生徒の向こう側で言った。

「お主が盗みなどせんことは分かっておる、おそらく堀田が画策したのであろう？」

俺は無言でテンコを見た。よそ見をする俺に、男子生徒が何か言ったが聞こえない。

「だとすると、今この場に朝倉がおらんのはなぜじゃ？」

周りを見渡す。確かに朝倉さんの姿はない。

「もし、堀田が八つ当たりで今回の事を仕組んだとするならば、今こうして問い詰められているところを朝倉に見せることが、もっともお主を貶《おとし》めることになるのではないか？　そうでなくとも、堀田本人は見物するのではないか？　だが、おらんぞ。朝倉も、堀田自身も」

「朝倉さんは？」

俺は詰め寄ってきた男子生徒の肩を掴んだ。

「は？　今、朝倉関係ないだろ」

「いいから！　朝倉さんは!?」

「朝倉さんなら、さっき、友達の荷物運ぶの手伝うって、抜けて行ったけど……」

後ろで固まっていた女生徒のうちの一人が答えた。

すぐに教室の窓に向かって走りだす。顔を出して叫んだ。

「アカメ！　来てくれ！」

男子生徒の一人が俺の背中を掴んだ。

「何やってんだよ！　話は終わってねぇぞ！」

揺らされ震える視界の中で、正面の木にアカメが飛んでくるのが見えた。

「全部だ。今校内にいる鳥の目を全部貸してくれ！」

アカメは俺の言葉を聞き届けると、すぐさま飛び立った。俺は目を瞑る。

「おい！　中崎！　なんとか言えよ」

「なんだこいつ。どうかしちゃったんじゃねーの」

無理やり振り向かされるが、目を開けずに、アカメが伝えてくれる絵を次々と切りかえていく。めまぐるしく変わる景色に上下が分からなくなりながらも、目を強く瞑り続ける。

「見つけた！」

叫んで俺は目を開けた。立ち入り禁止になっているはずの校舎に、堀田と朝倉さんがいた。机の形から考えるに、これは理科室だ。二人で段ボールを机の上に置いている。

すぐに向かおうと、俺の肩を掴んでいた生徒の腕をはらう。その拍子に、持ったままのビニールテープが入った袋が、彼の頬を打った。

「痛っ！　なにすんだよ！」

走り出そうとした俺を、数人の男子生徒が強引に引き止める。なんとか振り払って教室を出ようとするが、入口にいた別の男子生徒にまた捕《つか》まった。

「逃がすな逃がすな！」

「捕まえとけ！」

教室中がざわめく。悲鳴を上げる女子生徒もいた。

数本の腕に、もみくちゃにされる。制服のボタンが弾けてとんだ。

「頼む！　はなしてくれ！」

「頼むから！　あとで絶対戻るから！」

叫んではみるが、俺の声など誰も聞いていない。俺は目を瞑り、理科室の風景をもう一度映す。堀田は入り口の前に立ったまま動かない。その堀田に対して朝倉さんが何か言っている。

いくら腕を振り払っても、また別の腕に摑まれる。どうにかしなくてはと暴れるが、俺の力ではどうしようもない。

その時、どこかで破裂音《はれつおん》がした。ぐちゃぐちゃになる視界の端で、赤色のゴムの破片が床に落ちているのが見えた。

――風船だ。昨日、俺が膨らませた風船だ！

「花子さん！」

ざわめきの中でも、俺の声は彼女に届いた。窓の外で、空中の空間が軋むことなく爆発するように勢いよく裂けた。トイレの中の花子さんは既に黒い霧になっている。

「風船！　割ってくれ！　全部！」

俺が叫ぶと同時に、黒い霧が教室内に吹き込んだ。風に煽《あお》られて教室中がざわめき、窓が割れんばかりに暴れる。

黒い霧は、教室内をぐるりと回って、風船を割っていった。

爆竹《ばくちく》のような音を立てて、風船が次々に割れていく。それに呼応するように、俺を摑んでいる腕から一瞬だけ力が抜けた。体を捻るようにして振りほどき、教室から飛び出る。

勢いを殺せずに向かいの壁にぶつかるが、そのまま体の向きを変えて走り出す。廊下には騒ぎを聞きつけた生徒が数人いたが、俺を止めることはなかった。後ろの方からは、突然消えた俺を探す生徒のざわめきが聞こえた。

「『零界の吐息』か！　考えたの！」

テンコが飛んで来て、横に並ぶ。

「堀田と朝倉さんは理科室だ。あそこ！」

反対の校舎を指差す。この距離では教室の中は確認できない。走りながら目を瞑り、理科室の光景をまぶたに映す。机の前に立つ堀田を見つけた。

「朝倉さんは……？」

数瞬してから気づく。彼女は机に押し付けられていた。堀田の右手は彼女の口を覆い隠している。

「たわけ！　前も見んか！」

何かにぶつかって盛大に転んだ。目を開けるとパンダの着ぐるみが倒れている。

「すんません！」

俺は立ち上がって走り出した。渡り廊下を抜ける。

俺はなんて馬鹿だったのだろうか――

春の時、あいつを警察に突き出しておけば――

堀田がストーカーだったと朝倉さんに伝えておけば――

昨日あんな嘘つかなければ――

息を切らせながら走る。減速することなく山なりに曲がると、俺は理科室のドアに体当たりした。

ドアは勢いよく開き、壁にぶつかって、はめ込まれていたガラスが割れた。

俺は体をすぐに起こす。教室の中央にいた堀田と目が合った。

「堀田……堀田ぁ！」

意味もなく叫んでみるが、堀田は表情を変えない。

「んだよ。消えろ。殺すぞ」

堀田は俺を一瞥《いちべつ》すると、机に押し付けられている朝倉さんに視線を戻した。

「お前が消えろよ……」

息を整えることもせずに俺は叫んだ。

「お前が消えろよ！　ふざけんな！　勝手な理由で勝手なことして！　お前みたいなやつがいるから嫌なんだ！　怖いんだ！　ちくしょう！　朝倉さんに指一本触れるんじゃねぇ！」

叫び散らしながら、俺は歩を進めた。

「消えろってってんだろうが！」

堀田は足元にあった椅子を俺に向かって蹴り上げた。飛んできた椅子をかろうじて避ける。

次の瞬間、俺の顔面を、何かが吹き飛ばした。

視界が弾けて、火花のようなものが散る。

床に倒れこむと、目の前には堀田の足があった。椅子に気を取られている間に距離を詰められたらしい。

「息じゃ！　吹きかけろ！」

どこかでテンコが叫ぶ。俺は大きく息を吸い込むが、吐き出す前に腹部を蹴り上げられた。呼吸が出来なくなりながらも、堀田の足に抱きつく。しかし、逆の足の膝が、もう一度俺の頭を吹き飛ばした。

「そこで死んでろ」

俺の視界は堀田の足元を捉《とら》えていた。堀田は踵《きびす》を返す。ぼやける背景の中に、床にうずくまる朝倉さんが見えた。

「くっそ……」

蹴られて麻痺《まひ》した肺に、無理やり空気を送り込む。

堀田に組み付くことすらできない自分が許せなかった。

「ちくしょお！」

立ち上がろうと近くの椅子を掴むが、倒れた椅子は俺の体重を支えることなく転がっていった。

「――つけ！」

耳鳴りの中でテンコの声がした。

「落ちつけ！　やみくもに突っ込むな」

テンコはすぐ目の前にいた。声を聞いて、動かない体の代わりに思考をフル回転させる。

考えろ！　周りを見渡す。なにか使えそうなもの、武器になるものを探す。その時、俺の右肘《みぎひじ》に、何かが引っかかっている事に気が付いた。

「なんだこれ……」

さっき買い出しにいった商品だ。今の今まで腕に下げたままでいたらしい。

――適当に客寄せになりそうなもの買ってきてくれよ
――なんじゃあれは！

体を重力に預けて、袋に飛び掛かる。袋の中を大急ぎであさる。

――中に人が入っておるぞ！

めちゃくちゃにビニールを破ると、それを握りしめて立ち上がった。

「堀田ぁ！」

喉の奥が切れそうになるくらいに叫ぶ。堀田はゆっくりとこっちを振り向いた。

「は？　なんだそれ……。シャボン玉？」

震える顎を押さえつけるように、緑色の筒を嚙みしめる。

体中を空気で満杯にしてから、口に咥《くわ》えた筒に空気を送り込んだ。筒の先についた膜が膨らみ、七色の線を滑らせながらシャボン玉が俺の周りを舞う。

「ふは！　頭打って狂《くる》ったか！」

机に体重を預けながら、笑う堀田に向かって一歩ずつ進む。胃の奥から何かがせりあがってきたが、さらに空気を吸い込んで無理やり抑えつけた。

もう一度、吸い込んだ息の全てをシャボン玉に込めて吐き出す。

「朝倉！　見てみろよ！　あいつおかしくなったぜ！」

堀田は足元の椅子を片手で引きずりながら近寄ってくる。

「もっとぶっ壊してやるよ」

「中崎君！」

朝倉さんが堀田の後ろで叫ぶ。

「なんも考えらんねーくらいにぶっ壊してやるよ」

堀田が椅子を軽々と振り上げ、握る手に力を入れた。

大丈夫。来い。もう少し。あと一歩……！

シャボン玉の一つが堀田の頬で弾けた。途端、堀田の膝が、かくんと曲がる。

「あ？」

一つでは威力《いりょく》は足りなかったが、そこらを漂っていた玉が次々と堀田の体で弾けて消える。その度に堀田は平衡《へいこう》感覚を失い、ついには振り上げていた椅子を床に落として、手をついた。

「どうなって……」

「ほったぁ！」

俺は倒れ掛かるようにして突っ込む。拳を強く握って、堀田の顔面に向けて突き出す。拳にかかる重みを弾き飛ばすように、腕を思いっきり振りぬいた。

口から唾《つば》が弾《はじ》けて、堀田の体が後ろに倒れる。そのまま机の角に頭を打ちつけて、堀田は床へ倒れこんだ。

殴《なぐ》りかかった勢いを殺せずに、俺も堀田の横に倒れこむ。急いで起き上がって距離をとるが、堀田は完全に意識を失っていた。

床で転がる堀田を見ながら、自らの息を整える。

「痛っ……」

今頃になって、やっと体中の痛みを認識した。いつどこで痛めたのか、全く思い起こせない。

「朝倉さん……？」

彼女は椅子を背にして、床に座りこんでいた。胸元を押さえたままこちらを見ている。

呼吸を整えながら彼女の前にしゃがみこむ。

「大丈夫……？」

彼女の肩にゆっくり手を伸ばす。それでも朝倉さんは肩をびくつかせて退いた。

「ごめん。触んない。大丈夫」

俺は両手を挙げて後ろに下がった。朝倉さんはしばらく浅い呼吸を繰り返す。

俺はその間に、堀田の手足をビニールテープでぐるぐる巻きにした。

「中崎君……」

拘束《こうそく》された堀田を見て、朝倉さんがようやく口を開いた。

「大丈夫？」

「なんか、堀田君に荷物運ぶの手伝ってって言われて、ここに来たら……」

顔は伏《ふ》せたまま、彼女は言葉を繋ごうとした。

「うん。分かってるから、何も言わなくていいよ」

「堀田君だったんだ……」

おそらく春に送られてきたメールの犯人のことを言っているのだろう。

「あの時も、助けてくれたの、中崎君……？」

「え、いや、あれは……」

なんと答えていいか分からず、返事が出来ない。

「なんとなくだけど、そう思ってた」

朝倉さんが俺に片手を差し出した。少し迷ってから、しゃがみこんで、その手を両手で握った。

視界の端に、部屋から出ていくテンコが見えた。

「大切だから……」

俺が振り絞るように言うと、朝倉さんがこっちを向く。涙で潤《うる》んだ彼女の目はいつもより輝《かがや》いて、不謹慎にも綺麗だと思ってしまった。

「気持ち悪がらずに、聞いてほしいんだけど」

俺は堀田と対峙した時、〝もし仮に〟だなんて思っただろうか。考えるよりも先に体が動いた。それはきっと朝倉さんだったからだ。

「俺は、友達もいないし、勉強もダメだし、運動も出来ないし、なにより臆病《おくびょう》で、ビビリで、病気かってくらい心配性で、先の事を考えても、笑ってる自分なんて想像できないんだけど」

声が震えだす。彼女の手に、俺の涙が落ちた。なんで俺が泣いているのだろう。

「でも……、でももし、卒業してからも君と会えたら、とか」

「うん」

「君とあの教室でご飯が食べれたら、とか」

「うん」

「どこかに行けたら、とか」

「うん」

「朝倉さんとの未来を考える時だけ、少しだけわくわくするんだ」

「うん」

「僕は……」

「うん」

「僕は、朝倉さんの事が好きです」

「うん。ありがと。でもね……」

その後、先生を呼んで通報してもらった。堀田は警察に連れて行かれ、朝倉さんと俺も、長い間事情を聞かれることになった。

翌日には既に事件の噂は広まっていて、クラスメイトから質問攻めにあった。

「金をロッカーにいれたのは堀田って事でいいのか？」

「あの距離でよく理科室の様子がよく見えたな。それで先生呼びいったんだろ」

結局、テンコや七不思議の事、そして俺が堀田についた嘘は伏せながら、大体のあらましを説明した。その結果、俺は理科室での犯行から目を反らす為、濡れ衣を着せられた物凄く目のいい奴。という事になった。

朝倉さんは事件のショックもあってか、数日は学校に来なかった。しかし、堀田の退学が決まるのと同じ頃、久しぶりに彼女は学校に顔を出した。

――うん。ありがと、でもね、今余裕ないから、返事はまた今度でいいかな？

――あ、そうだよね。うん。ごめんなさいでした。

その日の昼休み、彼女は空き教室に来た。一緒にお昼ご飯を食べて、俺と朝倉さんは付き合うことになった。

●

付き合い始めたといっても、俺は受験生。昼を一緒に過ごしても、学校の外で会っても、俺が朝倉さんに勉強を教わってばかりいた。

テンコはというと、あいつなりに気を使っているのか、朝倉さんといる時は姿を見せず、そうでない時には顔を出し、進展具合をしつこく聞いてきた。

何日か雨が降り続き、気温が急に下がった。校内にはコートを羽織る生徒も出始めている。

今日もまた、昼になっても気温は上がらず、肩をすぼめながら靴を履きかえた。

傘立てから、自分の傘を見つけ出し、広げる。

「そろそろキッスはしたのか！　キッスは……まぁ、どうせしとらんだろうな。お主のことだから」

「うるさいな。余計なお世話だ」

雨に濡れて真っ暗になったコンクリートに踏み出す。

「じゃあ、俺は帰るからな」

「おう、頑張るのじゃぞ！」

振り返ると、テンコはニコニコしながら手を振っていた。

「頑張れって、何をだよ」

「それをじゃ」

テンコが俺の鞄を指差した。いつもと違う中身に気が付いていたらしい。鞄に雨が当たらないように傘を傾けて歩き始める。

朝倉さんはバス停で待っていた。可能な日は、彼女を家の近くまで送るようにしている。

「遅い。バス先に行っちゃったよ」

「え、ごめん」

「ふふ。嘘だよ。ほら、来た」

三年生だけが短縮授業だったので、バスの中は空《す》いていた。隣り合って座る。未だにこの距離感に慣れることができず、朝倉さんに近い方の肩が、なぜかくすぐったい。

「意外と遠いんだね。朝倉さんち」

窓の外を見ながら言う。ガラスについた水滴《すいてき》が震えながら、後方に垂れていく。

「このままうち寄ってく？」

「え？」

「うちの両親にご挨拶でもしますか」

朝倉さんがからかうように言った。

「無理です。さすがにそれは、まだ」

「だよね。そもそも中崎君のことまだ家族に言ってないし。でも、もし会う時は〝朝倉さん〟とは呼べないよ」

「そっか、朝倉さんちは、家族みんな〝朝倉さん〟だもんね」

「そろそろ名前で呼ぶ練習しとく？」

「うーん、それもまだ無理」

俺は興味もない車内広告に目を逸らす。しばらくの沈黙《ちんもく》の後、心の中で一度練習してから、口に出した。

「今日は、何の日か分かりますか？」

「ん？」

朝倉さんが俺を覗き込んできた。

「えっと、今日は、あれじゃないですか」

持ってる傘の柄《え》を意味もなく撫でる。

「何？」

いたずらっぽく彼女は微笑んだままだ。多分彼女は分かっている。

「一か月。付き合い始めてから」

最後まで言い切る前に、俺は目を反らした。負けた気がするのはなんでだろう。

バスが揺れる中、俺は鞄から、リボンで封をした茶色い袋を取り出した。

「だから、これ……」

予期していなかったらしく、彼女は目を丸くした。

「大したものじゃないんだけど、あ、包み紙が汚くなってる、ごめん。濡れないように押さえてたから……」

包み紙についた皺を伸ばそうとしたが、朝倉さんは小さく両手を出した。その上に包み紙を乗せる。

「開けていい？」

「うん」

朝倉さんがリボンを丁寧に解いた。

「わぁ……素敵《すてき》。ありがとう」

俺は照れくさくなって目を伏せた。口元が緩み、うまく次の言葉が出てこなかった。
「前、そういうの必要になるなって言ってたし、朝倉さんのな……」
次の瞬間。
バス全体が衝撃《しょうげき》に震えた。窓からの景色が突然ずれて、バスが浮いた。
俺は天井に頭を打ち付けた。そのまま窓ガラスにもぶつかる。
どちらが地面かも分からないまま、ただ重力に遊ばれる。
バス中の窓にひびが入り、真っ白になっていく。
宙に浮きながら、朝倉さんを探した。
どこかで誰かの悲鳴が聞こえる。
バスが何かにぶつかる。
大きな音が鳴って、
叩きつけられた。

体のどこかに痛みが走り、呻く。目を開いて周りを見回す。割れた窓から、雨が入って来ていた。傾いた座席から、誰かの足が垂れている。朝倉さんのものではない。
「朝倉さん……！」

声を出すと、口の中になにかが入った。鉄の味がする。俺の血だ。

「朝倉さん……」

体を起こそうと両手をつく。しかし、俺の肘は勝手に折れ曲がり、また地面に這いつくばった。

「朝倉さん……！」

歯を食いしばって這って進む。座席の陰から、彼女の手が見えた。恐怖のせいか強く握られたその拳に、俺は手を伸ばす。祈《いの》るようにして、彼女の拳を両手で包む。

朝倉さんの手は、少しも動かなかった。

それを感じた瞬間。俺の意識は途切れた。

目を覚ますと、白い綺麗な天井が見えた。電灯がぼんやりと光っている。

目線を下ろすと、俺には白い布団が掛けられていた。

「起きたか」

足もとに、テンコが座っていた。

「病院じゃ。学校近くのな。お主の魂が揺らぐのを感じて、飛んで来た」

近くにいるはずのテンコの声が、遠くに聞こえる。

「どこか痛むか？　よかった。お主が無事で……」

「……さんは？」

声を出すと、胸が痛んだ。

「なんじゃ？」

自分のものだと分からないほどに、声がかすれていた。

「朝倉さんは？」

テンコはしばらく何も答えずに、俺を見ていた。その表情で既に充分伝わったが、
テンコはやがて口を開いた。

「彼女は、助からなかった」

冬の章

「もう、死んでるんだよ」

中崎君は私にそう言った。


その日は朝から雪が降っていた。バスや電車に遅れが出たようで、もうすぐホームルームだというのに教室の中に人はまばらだ。

「香穂ー！」

真子が扉を開けるなり、真っ先に私の所に走ってくる。

「良かった！　センターかなり良かった！　これなら余裕でいけそう！」

私に抱きついてきた真子は、鞄ごとぴょんぴょんと飛び跳ねた。

「ホントに？　おめでとう！」

真子の背中をこれでもかと叩く。真子は部活を引退してから勉強に打ち込み、ここ最近は日課であった私とのメールもやめて試験に臨んでいた。

「香穂ー！」

「何ー？」

「香穂の手、冷たーい」

「ねぎらってやってるのになによー！」

真子の首筋に手をくっつけた。彼女は悲鳴を上げて身をよじらせる。その拍子に、後ろを通った生徒にぶつかった。

「あ、中崎君。ごめん。おはよ」

「うん、おはよう」

中崎君は一度立ち止まって、困ったように笑った。

「えっと、センターどうだった？」

「普通かな」

彼はマフラーを外して、自分の席についた。

「テンション低いね。彼」

「真子もそう思う？」

「うん。ちょっと無神経に騒ぎ過ぎたかな。私」

「どうかな。多分大丈夫だよ」

去年の終わり頃から、中崎君は私に対して距離をとるようになっていた。話しかけても最低限の言葉を交わすだけで、メールを送っても返信はなかった。

受験を控えてナーバスになっているのだ、と私は自分を納得させていたが、その一方で彼の顔を見る度に、悲しみとも憤りともつかない、不愉快《ふゆかい》な感情が心に湧いた。昼休みには雪が薄く積もり、外に出るのを真子は嫌がった。教室で席を寄せ合って、昼食をとる。

「ほらみて、あそこ。男子が雪だるま作ってる」

教室の窓から校庭を見下ろすと、数人の男子生徒が雪で遊んでいた。少ない雪をかき集めて雪玉を投げ合ったり、雪の上に大きな絵を描いたりしている。

「寒いのによくやるねー。うわ、あの人手袋つけてない」

真子は缶コーヒーを手のひらで転がした。

「いつからだっけー。雪が降っても嬉《うれ》しくなくなったの。学校行くの面倒くさいとか、靴濡れるのやだなーって思うようになったの」

真子の質問に記憶を掘り起こす。少なくとも自分が中学の制服を着てはしゃいでいる記憶はなかった。

「はしゃがないだけで、私は少しテンションあがったけどな。今日も」

「香穂、あんた数か月後には大学生なんだよ」

「じゃあ、真子はテンション上がんなかったの？」

「上がった」

「ほら」

真子は手を温めるのに使っていたコーヒーの口を開けると、一口だけすすった。

「でもさ、香穂はもう決まってるけど、私はセンター良かったとはいえ、まだ確定じゃないからさ。ハメ外し過ぎるのもどうかなーと」

校庭ではしゃぐ男子生徒の一人が、派手に転んで笑われている。

「適度な気分転換《てんかん》は必要でしょ」

「でもねー。進路決まってないの少数派になってきたし。男子なんて大体決まったらしいよ」

窓から真子に視線を戻す。

「そうなの？」

「うん。先生に聞いたんだけど、うちの男子で決まってないの、辻《つじ》くんとケンくんだけだって。まぁ、他のクラスにはそういう人まだまだいっぱいいるから、焦ることないんだけどさ……香穂？」

真子が私の顔色をうかがっている。

「ううん。なんでもない」

かろうじてそう答えた。心の中は、ずっとせき止めていた何かがあふれ出《で》て、めちゃめちゃになっていた。

放課後、私はメールを打った。

『助けてほしいことがあります。駐輪場の裏で待ってます』

雪はやんだが、地面の上にはまだ薄く積もっていた。日は完全に落ちたので、しばらくは溶けないだろう。誰にも踏《ふ》み荒《あ》らされていない雪に足跡《あしあと》を残す。私は駐輪場から一段下がった場所で中崎君を待つ。

見つけにくい場所だったが、足跡を追って数分後に彼はやってきた。

「無事みたいだけど、何を助ければいいんですか？」

しゃがんで手を温めていた私に、中崎君が声をかけた。

「中崎くんが来なかったら、多分凍死《とうし》してたかも」

駐輪場の明かりが、私たちを照らす。口を開く度に、白い息がぼやけて光る。

「あんなメールでもしないと、来てくれないと思ったからさ」

中崎君は、私との距離を詰めないまま黙っている。立ち上がってこちらから口を開く。

「中崎君、進路決まったんだって？　おめでとう」

「うん。ありがとう」

彼は台本を読むかのように答えた。

「いつ決まったの？」

「いつだろう。先月には決まってたかな」

「私は……！」

意図していたよりも大きくなってしまった声を押さえて、もう一度続けた。

「私は、中崎君が受験で大変で、悩んでたから、ああいう態度なんだと思ってた。でも、違うんだね？」

彼は何も答えない。

「なにか、私しちゃったかな？　中崎君を傷つけるようなこと。仲直りしたいとは言わないから、教えてほしいんだけど」

中崎君は私の目を真っ直ぐに見つめた。彼の目の下がわずかに震えている。

「せっかく、仲良くなったのに、もうすぐ卒業なのに……！　こんなままで別れるなんて、私、嫌だよ……？　中崎君は平気なの？」

彼は、私の顔を見たまま動かない。

「ねぇ、答えてよ……！」

上ずった私の声が、少しだけあたりに反響する。

中崎君は目を反らして、大きく息を吐いた。

彼の息も震えていた。

「テンコ……言うぞ」

彼は首を傾けて、どこかを見て言った。

そうしてからゆっくり頷くと、また私に向き直った。

「朝倉さんは、何も悪くない」

吐いた息が空気に混ざり消えていく。

「実は……もう死んでるんだよ」

「死んでるって、誰が……？」

「俺が」

彼は、はっきりとそう言った。

「俺は、もう死んでるんだ」

「なにを、言ってるの？」

「四年前、俺はテンコという幽霊に出会った。四年前、俺は文化祭でストーカーを捕まえた」

「待ってよ。四年前なんて、私たち入学すらしてないじゃない」

「俺はこの学校の七不思議。〝三年B組中崎夕也〟」

強い風が吹いた。薄く積もった雪の表面だけが宙に舞う。

「四年前、君のお姉さん、朝倉咲紀《さき》さんと付き合ってた」

冬の章 2

「彼女は、助からなかった」

テンコのその言葉を聞いて、しばらくは天井をただただ見上げていた。

「そうか。そっか……」

勝手に涙が流れる。嗚咽《おえつ》を漏らすと、胸の傷が痛んだ。

「どうにか、ならないのか……？」

テンコは答えない。

「どうにも、ならないんだな……？」

「あぁ」

小さい声で、だがはっきりとテンコは答えた。

「もう、朝倉さんには、会えないんだな？」

テンコへの問いかけなのか、独り言《ひとりごと》なのか、自分でも分からなかった。

「もう朝倉さんは、どこにもいないんだな？」

彼女の手の感触を思い出す。涙を拭き取ることもせずに、俺は泣き続けた。

「もう、無理だ……」

ここは俺が生きるには少し厳しすぎる。いや、ここで生きるには俺は少し弱すぎる。

「テンコ、俺を七不思議にしてくれ」

「今は混乱しておる。また後で……」

「俺が望めば、そうするのがお前の役割なんだろ？」

テンコは黙って俺を見ていた。

「頼む」

「……いいんだな？」

テンコが腕をまくった。彼女の右手が青白く光る。

「ああ。もういい……もういいんだ」

テンコが俺の胸に手を伸ばした。

「承知した。お主の魂、いただくぞ」

布団をすり抜けて、彼女の手が俺の体に潜《もぐ》っていく。

痛みはなく、心地よさすら感じて、俺は眠るように意識を失った。


そうして俺は、この学校の七不思議となった。アカメと同じ様に、「いるけどいない。いないけどいる」そんな魂だけの存在として、四年間をこの学校で過ごした。

春になると、三年B組の一員として生活を初め、学校から出ることなく一年を過ごし、クラスメイトが卒業するのを見送って、もう一度三年生をやり直した。

年が変わるごとに俺に関する記憶や資料はテンコの力でリセットされ、卒業した生徒とすれ違っても、俺に気付く者はいなかった。

「七不思議になって少し経つ頃、君がこの学校に入学してきた。初めて見た時は驚いたよ。妹がいることは聞いていたけど、この高校に来るとは思わなかったし。なにより、本当にお姉さんに似ていたから」

姉である朝倉咲紀さんと俺の関係、テンコとの出会い、この学校の七不思議、あの事故の事、そして、俺の過ごした四年間。

立て続けに聞かされて、香穂さんは立ちすくんでいる。

「三年生になって、君と偶然同じクラスになった。できるだけ距離をとろうとしたんだけど、夏には一緒に泉君を捕まえる事になって、結局仲良くなってしまった」

あの夏の日の事を思い出そうとしたが、冬の寒さと足元の雪がそれを邪魔した。

「そんな……話、信じろっていうの？」

香穂さんがやっと口を開いた。無理やり笑おうとしているが、口の輪郭は不安定に歪み、声もそれに合わせて震えていた。

「信じてもらえるとは思ってない。ただ、ちゃんと話しておこうと思ったんだ」

本当はもっと早く話すべきだった。出会ったその瞬間に話しても、決して遅くはなかっただろう。

「朝倉……、香穂さんと一緒にいると、まるでお姉さんと一緒にいるような気がした。でも近づけば近づくほど、君は香穂さんであって、お姉さんではないってことを実感した。香穂さんには香穂さんの、お姉さんにはない所が、いっぱいあったから」

彼女が何かを言いかけてやめた。吐いた白い息だけが空気に滲んで消えていく。

「お姉さんが死んだ日を過ぎてから、ますます〝違う〟んだなって思った。君はお姉さんの生まれ変わりでもなんでもないし、俺もあの年をやり直してるわけじゃないんだなって」

そして朝倉さんは、もうどこにもいないのだと。

「そう実感したら、香穂さんとメールしたり、話したりすることが、なんだか申し訳なく思えて来て。だから、ちゃんと全部話そうと決めたんだ。それが香穂さんへの礼儀だなって。結局今日まで、伝えることから逃げてきてしまったけれど」

苦笑いしてみせたが、彼女の表情は変わらなかった。

「もし、嘘だったら、作り話だったら、中崎君サイテーだよ。軽蔑《けいべつ》する」

「そう思われても仕方ないと覚悟《かくご》はしてる」

すぐに帰ってきた俺の言葉に、香穂さんは少しだけ身じろいだ。

「だって、信じられるわけないじゃん！　七不思議とか、テンコさんとか、お姉ちゃんのこととか……。だって、中崎君は今こうして目の前にいるのに！」

彼女は俺の足元を見た。踏みしめたところには、俺の足跡がまだ残っている。

「そういう存在なんだ」

「訳分かんない！　だって幽霊とか！　記憶がなくなるとか！」

顔を押さえて言葉を吐き出した後、彼女は小さく「でも」と呟いた。

「でも、中崎君から、お姉ちゃんの事聞いて、少しだけ、私懐《なつ》かしい……って思った」

校舎沿いの道をトラックが通り、柵《さく》から漏れたライトの光が、俺と朝倉さんを順番に切り裂く。それを合図にしたかのように、香穂さんは目を伏せると、俺に背を向けて走り出した。

やがて校舎の陰《かげ》に入って、彼女の姿が見えなくなる。

「追うなよ」

テンコが後ろから声をかけた。

「追わないよ。伝えるべきことは全部伝えた。あとは俺を軽蔑しようが変人扱いしようが、彼女次第さ」

「秘密のままでもよかったのではないか？」

テンコの口元は、色あせた赤いマフラーに隠れていて見えない。高い鼻先だけがマフラーからはみ出ている。

「秘密のままであれば、残り少ない期間と言えど、朝倉妹と普通に過ごせたではないか。最後の最後で変人扱いされることもあるまい」

「確かにな。でも、話しておきたかったんだ」

七不思議になってから、友達と呼べる存在は香穂さんだけだった。だからこそ、大きな秘密を隠したままで逃げるのは、卑怯な気がしたのだ。

「この四年間で、お主は朝倉妹と話している時が、一番楽しそうじゃったな。そういう意味では『よく言った』と褒めるべきなのかもしれんの」

「やめろよ。むしろ怒られるべきだよ。俺は」

卒業式がすぐそこまで迫っていた。

●

七不思議になってからの生活。それは、思いのほか心地のいいものだった。誰とケンカしても、嫌われても、怒られても、卒業式の次の日には、みんなの俺に関する記憶はなくなっている。この世に俺が存在しないという事に、一種の気楽さすら感じていた。

学校に留まっていても、卒業生の近況《きんきょう》はいくつか届いた。同じクラスだった人が、絵の賞をもらったとか。一緒にご飯を食べていた彼がサッカーの名門大学に入学し、各大会で好成績を収めたであるとか。

ただどんな話を聞いても、卒業していった人たちを羨《うらや》ましく思うことは正直なかった。

四年間で校長が変わり、トイレが改修され、新しい花が植えられ、いくつかの部活が無くなった。周りでは確実に時は過ぎていったが、俺は背も伸びず、肩書も変わらず、誰かの思い出になることもなかった。

この四年という月日は、俺にとってあってないようなものだった。

だんだんと気温が上がったと思いきや、急に冷え込むといった日が続いた。生徒も教師も服装に戸惑いながら、コート、マフラー、手袋と外していき、だんだんと身軽になっていった。

中庭の桜のつぼみも増え始め、もうすぐ咲き始める時期だ。

全てを打ち明けたあの日から、香穂さんが俺に話しかけてくることは一度もなかった。挨拶すらもしなくなり、まるで最初から他人であったかのように日々を過ごした。

そんな様子に気付いたのか、真子さんに、卒業式の予行練習中に話しかけられた。

「中崎君さ、もしかして香穂となんかあった？」

壇上《だんじょう》に立つ先生の顔を見たまま答えた。

「いや、別に」

「そっかー。香穂先月くらいから元気なくてさ。最近は普通になってきたけど。君も知らないかー。最近はメールもしてないの？」

「うん。全然してない」

「あの子、高校生活に後悔《こうかい》でもあるのかね。もっと恋しとけばよかったーとか」

「どうかな。俺には分からないです」

ずっと前の方に、香穂さんの背中があった。

「ま、卒業してもメールしてやってよ。あの子さ、あれでいてお別れとか、そういうの苦手だから」

司会の先生が起立の指示を出したので、俺は返事を返さなかった。

卒業式当日は晴天で、全ての桜が見事に咲き誇っていた。

赴任《ふにん》して一年目の校長は、二大会連続で金メダルを獲得《かくとく》した青上選手を引き合いに出し、長々とスピーチを行った。

式が終わると、教室ではクラスメイト達が卒業アルバムに寄せ書きをし始めた。証書の入った筒を掲げて、いたるところで写真撮影が行われている。テンコはいちいちカメラのアングルに入っては、写りもしないのにピースサインをしていた。

俺は教室を離れて、空き教室に向かう。

渡り廊下から中庭が見えた。桜の下で、吹奏楽部が最後の演奏を行っている。今年の文化祭の時に聞こえてきた音に比べると所々ミスが目立つが、思い切りのいい音が出ているように思える。

「お、あれはアカメではないか？」

テンコが指さした桜の木に、一羽の鳥が留まっているのが見えた。演奏の音に落ち着かないのか、小刻みに留まる枝を替えている。俺が窓を開くと、こちらに気付いて飛んできた。

「明日からまた春休みだから、静かになるよ。今日は勘弁な」

アカメは数回俺の指をつついた。

「なんだよ、今はご飯ねぇぞ」

「お疲れ様、と言っとるのではないか？」

テンコがアカメを眺めながら言った。

「何にだよ。俺は来年も三年B組だぞ」

「一年の区切りにじゃ」

「そうなのか？」

アカメに聞いてみたが、アカメはこちらも目もくれずに、また飛び去って行った。

「朝倉妹は、挨拶に来ないのかの？」

テンコは吹奏楽部の演奏を聴いているギャラリーを見下ろした。

「虚言癖《きょげんへき》のクラスメイトに、何を挨拶するっていうんだよ」

ギャラリーの中に、香穂さんを見つける。

演奏が大きなシンバルの音で終わり、拍手があたりを包んだ。綺麗に並んで演奏していた部員達はちりぢりになり、それぞれ会話を交わしたり、抱き合ったりしている。

真子さんが楽器を脇《わき》に抱えて、香穂さんのもとへと走り寄った。彼女は制服のポケットから何やら取りだすと、それを香穂さんに渡した。

「なんじゃろな」

「卒業記念のなにかだろ」

真子さんは香穂さんの反応を待っている。しかし、包み紙を開けようともせず、香穂さんは動きを止める。しばらくすると、彼女は真子さんに一言告げてから、突然走り出した。真子さんはあっけにとられたまま、そこに立ちすくんでいる。

「なんだったんじゃ？」

「さぁ？　別に俺らには関係ないだろ」


日が沈んで学校から人はいなくなり、卒業生の書き置きだけが教室の黒板に残されていた。

四年間続けてきた通り、空き教室で夜が更《ふ》けていくのを待つ。照らす光がなくなり、机も椅子も色を失っていた。

「卒業式の壇上で裸踊りしてもよかったのだぞ。明日には皆忘れるんじゃし」

テンコは教卓に腰かけながら、上半身だけで盆踊《ぼんおど》りをしてみせた。

「派手な事は、記憶調節するの面倒になるからやめろって、お前が言ったんだろうが」

「はっはっは！　お主の踊りの為なら、それくらいの苦労買ってやるわい」

テンコはいつものように奥歯を見せて笑った。

俺は無視して時計を見る。あと三十分で日付が変わろうとしていた。

「時間が気になるか？」

テンコが視界に割り込んできた。

「別にそういうわけじゃない」

「そろそろお主と会ってから、ぴったし四年じゃの。ほれ、ちょうどあそこじゃ」

テンコは窓から、中庭に生える一本の桜を指さした。

「いやーあの時のお主はいい反応をしてくれたの。ちょこっと脅かしただけじゃのに、まさか漏らすとはな」

「漏らしてねーよ。勝手に歴史を改ざんするな」

「そうだったかの？」

冗談ではなかったらしい、テンコは真顔で首をかしげた。

「精霊のくせに、適当なやつだな」

テンコは窓の外を向いたまま振り返らない。

「テンコ？」

「あぁ、いや、そんなに買《か》い被《かぶ》るな。精霊といっても、そんなに大それたものではないのだからな」

テンコは目を細める。普段見せない仕草に弱々しさを感じた。

「どうした？　珍しく謙虚じゃないか」

「七不思議を司る者と言えば聞こえはよいが、結局は魂の意志に従って、取り計らうだけじゃからな。そういう意味では周りに合わせて行動していくことしかできん。我ながら情けなく思う時もある」

テンコがようやくこちらを向いた。今度は俺が目を反らす。

「しんどいことをさせて、悪かったな」

「お主の魂を抜いたことか？　なに、気にするな。それが役割じゃからな。それにわしもお主という相手ができてからというもの、中々楽しかったぞ」

楽しかったという言葉に反して、テンコの表情は曇《くも》ったままだった。

「朝倉姉妹が関係したことに限らず、いろいろあったしの。まぁ、その武勇伝を覚えておる者も、今となっては誰もおらんが」

テンコはいつも束ねていた髪を解いた。長い髪がカーテンのように風にはためく。

「わしに出来る事は、この学校で迎え入れる事、見送る事、そして……」

テンコはそこで口を閉じた。俺が続きを促す。

「そして……？　何だよ？」

テンコが真っ直ぐと俺を見た。いつものように豪快《ごうかい》にではなく、少しだけ口元を曲げて笑ってみせた。

「見守る事じゃ」

テンコは中庭を指さした。立ち上がって中庭を見下ろすと、そこには香穂さんがいた。彼女は携帯を操作した後、ポケットにしまって歩き出した。それと同時に、今度は俺の携帯が鳴る。開くと香穂さんからのメールが画面に表示されていた。

『教室で待ってます』

そう書かれていた。

テンコが、携帯画面を見たままの俺に言った。

「お主よ。一つだけお願いがある」

●

廊下を歩いていると、遠くに人影が見えた。近づいても小さいまま、黒い影のままだ。

「花子さん」

彼女はこちらに気が付くと、両の手のひらを俺に向けた。真っ黒な彼女の腕に、オレンジ色の手袋がはめられている。

「それもずいぶんボロボロになっちゃったな。まぁ、買ったの四年前だから当然か。また新しいの探してやるよ」

俺がそう言って手を伸ばすと、花子さんは両手を胸で隠した。表情からは見て取れないが、この手袋で満足してくれているらしい。

「で、どうした？　何か用か？」

問いかけると、花子さんは一つ向こうの教室を指差した。

「あぁ、分かってるよ。待ってるんだろ」

彼女はこくんと頷いた。

花子さんの隣を抜け、教室の扉に手をかける。しかし、開けられないまま俺は固まってしまう。横を向くと、まだ花子さんが俺を見上げて立っていた。

「分かってる。いくさ」

扉をゆっくりと開けて、教室の中へ入っていく。

香穂さんは制服を着て、自分の席に座っていた。月の光がぼんやりと彼女を照らしている。

「卒業おめでとう」

そう言ったまま彼女は立ち上がろうとしなかったので、俺の方から歩み寄って行った。向かいの校舎の屋上に、テンコの姿が見えた。近づいてくるつもりはないらしい。

香穂さんの前の席に座り、体を半分だけ彼女に向ける。

「俺は卒業しないけどね」

「次で五回目の留年なんだっけ？」

わざとらしく香穂さんが笑う。

「俺の話を信じるならね」

俺もおどけて返すが、香穂さんは俺から視線を逸らして、教室の時計を見た。

「別に信じたわけじゃないよ。というか本当かどうか確かめに来たの」

彼女につられて俺も時計を見る。秒針が止まっているように感じたが、やがていつも通りのスピードで進み始めた。

「もし、中崎君の話してくれた幽霊とか、七不思議とか、そういうバカみたいな話が本当だったら、あと十分、いや九分であなたの事、全部忘れるんだよね？」

香穂さんが話す途中、長い針が一つ震えた。

「うん。もし本当だったらね」

「嘘だったら、今のうちに謝っといたほうがいいよ。十二時過ぎても覚えてたら、私思いっきり、ちゃかすから。恥ずかしいよ」

俺と香穂さんは少しだけ笑ってから、また黙り込んだ。

窓の外から、心地のいい風が入ってくる。風は彼女の髪を少しだけ揺らした。

「私ってさ、そんなにお姉ちゃんに似てるかな？」

彼女は近くの窓へ視線を移した。映りこむ自分と向き合っている。

「うん。似てる。でもお姉さんの方が、もう少しおしとやかだったけどね」

香穂さんは窓を見つめたまま自嘲《じちょう》するように微笑んだ。

「私さ、ずっとお姉ちゃんに憧《あこが》れてた。小学校の時は中学生のお姉ちゃんに憧れて、中学校の時は高校生のお姉ちゃんに憧れて、服とか口癖を真似てみたりして。私もお姉ちゃんの年齢《ねんれい》になったら、こうなるんだろうなって思ってた」

「うん」

「でも、中学生になっても高校生になっても、私はダメな私のままで、なにも成長してなくて、それを感じる度に凹《へこ》んだりして……」

香穂さんが俺の方に向き直る。

「でもね、中崎君にお姉ちゃんに似てるって言われて、思ったんだ。もしかしたら、私が気づいてなかっただけなのかなって。それまでお姉ちゃんの事、完璧《かんぺき》な人みたいに感じてたけど、お姉ちゃんも私みたいに、悩んだり、迷ったり、不安になったりしてて、それに私が気づいてなかったのかもなって」

俺は朝倉さんと初めて話した時の事を思い出す。彼女は俺の言葉に「ぜっこーちょー!」と嘘をついて、笑って見せた。

「そんなことを思ったら、いなくなって四年経って、やっとお姉ちゃんのこと一つ分かった気がして……」

香穂さんが目元を拭った。

「もっと、支えてあげられればな、って思った?」

続けたのは俺だった。

「もっと、助けてあげられればなとか、話を聞いてあげられればなって、俺は思った。なんて、なんてダメな彼氏だったんだろうって、俺は思った」

なにか違えば、あの事故に巻き込まれなかったんじゃないか、せめてもっと幸せに出来たんじゃないか、何度も何度も自問しては、心臓をかきむしった。

「ううん。私は違うよ」

香穂さんは首をゆっくり横に振った。

「私はすごいなって思った。今の私くらい悩んで、迷ってたのに、お姉ちゃんはあんなに強く、明るく振舞《ふるま》ってたんだなって。私はすごいなって思って、私もそうなればなって思った」

風がまた彼女の髪を揺らす。

「ねぇ、中崎君。お姉ちゃんは、素敵な人だったでしょ？」

「うん」

返事をした瞬間、喉の奥からなにかが湧きあがった。四年前に見た、朝倉さんのおどけた笑顔を、からかうような笑顔を、困ったような笑顔を思い出した。歯を食いしばるが、目からは涙があふれる。

「うん。すごく……」

拭うそばから、次から次へと涙は零《こぼ》れてきた。

「大切だったんだ。彼女以外全部嫌いだったんだ。だから……俺は、逃げたんだ。生きる事から、逃げた……」

香穂さんの声も震えていた。それでも強い声で話し始めた。

「でも。私は生きた」

分かってた。

「死ぬほどつらかったけど！」

分かっていたんだ。

「全部投げ出したいくらい悲しかったけど！　私は生きた！　それなのに、中崎君はずるいよ！　勝手だ！　引きこもって、繰り返して！　私より年上なのに！　なんでそんなに卑怯者《ひきょうもの》なんだ！」

目の前の香穂さんは、ずっと一緒に過ごしてきた家族がいなくなってからも、今日まで過ごしてきた。それでも彼女は笑って、理不尽《りふじん》と向き合い、前に進んできたのだ。

「自分が卑怯者だって、臆病者だって分かってる。でも！」

八つ当たりの様に叫んだ。

「でも怖いんだ！　なんでみんな平気なんだよ！　幸せでないことに恐怖して、必死に探して、見つけても今度はそれが無くなっちゃうかもしれない責任や恐怖に怯えて、自分はいつまで経っても弱いままなのに！　悲しいことはずっとそのままで！　怖くて仕方ないんだ！　俺はきっと思い出す！　何年経っても彼女の事を思い出して！　苦しくなる！　後悔する！　なら俺は……！」

――お主よ。一つだけお願いがある。

テンコと交わした会話が頭に浮かぶ。

「朝倉妹は卒業していく。これが最後じゃ。だからこそ、正直に向き合え」

「今はもう、香穂さんに隠し事なんてないよ」

「そうではない。お主が向き合うのは、自分自身とじゃ」

「自分？」

「人とは単純なものではないであろう。じゃからわしは人間というものが大好きじゃ。人というものは複雑で、大きくて、本人にも全容が摑めん。そんな人間がこの世界にはいっぱいいる。この学校を長い間見つけてきたが、それゆえに退屈など一時もせんかった」

テンコは少しだけ微笑んで続けた。

「あの日、お主の携帯を学校に残したのはわしだ」

「あの日って、四年前の卒業式の日か……？」

「そうじゃ。わしが隠した。その日のうちに取りに来るかは賭けじゃったが」

「なんで、そんなこと……」

「この教室。この空き教室は、古くからわしの居場所だったのじゃ。お主は自分の場所にわしがいりびたるようになったと憤っておったが、ほんとはその逆なのじゃぞ」

テンコがわずかに両手を広げて、教室の中を見回す。

「ってことは……」

「そうじゃ、お主が二年になりここに来た時から、わしはお主を見ておった。初めは邪魔者が来たと憤慨《ふんがい》したものじゃが、お主を観察するにつれ興味が湧いた。ただ一人で窓から中庭を見下ろすお主の目は、実に複雑な光を放っていた。孤独《こどく》。嫉妬《しっと》。失望。自己嫌悪。しかし、ほんのわずかに見える羨望《せんぼう》。その目がわしには興味深かった。だから、お主と話してみたい。かねてからそう思っておったのじゃ」

テンコは着物の袂から花札を一枚取り出した。

「もし、あの日の花札でお主が勝っていれば、わしはこの秘密を打ち明けておったのだぞ」

「テンコ……」

俺の言葉を遮って、テンコは最後に言った。

「不安ばかりでもよい。恐怖ばかりでもよい。黒く暗く、認めがたい後ろ向きな思いばかりでもよい。でもその中に落ちているひと欠片の心を、決して無視してやるな。わずかでもささいでも、それはそこにちゃんとあるのだから――」

「今でもそう思ってる？」

香穂さんが俺に問いかけた。

「今でも、四年前みたいにもういいって、もう明日なんかいらないって、そう思ってる？」

香穂さんと出会ってから生じた、心のひと欠片。

眩《まぶ》しかった。今、目の前に立つ香穂さんが、四年前から今日まで強く生きたこと。月日を重ねてきたこと。それが眩しかった。この一年間、それが一番苦しかった。

「あと三分だ」

頭の中でテンコの声が響いた。

「中崎君。一つだけ聞かせて……これ」

香穂さんはポケットから何かを取り出した。拳を開くと、手の中には一組のイアリングがあった。

「この、イアリング。私がお姉ちゃんの形見だと思ってたこのイアリング。これは、あなたがお姉ちゃんに贈ったものなんじゃないの？」

「……うん」

俺は頷いた。あの日バスの中で彼女に渡した、最初で最後のプレゼントだ。

「そっか……」

香穂さんは宙を向いて息を吸い込んだ。

「なんで私が、これをお姉ちゃんの形見にしてたか分かる？」

目を真っ赤にしながら、時折り唇を噛みしめながら、彼女は続けた。

「つけてるとこなんて見た事なかったけど、でも大切だったんだなって、思ったから」

イアリングを乗せた手が震えた。

「あの日。あの事故の中、お姉ちゃんは、これを強く握ってたんだ」

彼女は涙を落とした。それでもイアリングを乗せた手を俺に掲げたまま、口から力ない言葉をこぼした。

「大事だったんだよ。大切だったんだ。あんなひどい事故の中でも、手放さないくらい！　取り出すのに苦労するくらい、強く、ぎゅっと握ってたんだ！　だから……！」

あの日、最後に握った朝倉さんの手の感触を思い出した。あの拳は、このイアリングを握っていたのだ。俺と彼女が、少しの間だけ、確かに付き合っていた証《あかし》が、握りしめられていた。

「お姉ちゃんは、生まれてこなければよかったなんて、絶対に思ってなかった。中崎君に会えたこと、付き合えたこと、後悔なんてしなかった！　きっと誇りに思ってた……！」

呼吸が出来ない。なにかを言おうとしても、漏れてくるのは嗚咽ばかりだった。

「中崎君に何か言おうとは思わない。してもらおうとも思わない。自分がいつ頑張れなくなるか分からないのに、頑張れなんて言えない」

香穂さんはゆっくりと、一つずつ、言葉を繋いだ。そんな彼女の言葉と必死に向き合う。

「でも、私は卒業して、大人になって、最後まで生きて、そうやって、最後に言うんだ。全然ダメでも、つらいことばっかでも、いい事なんてほんのちょっとでも、大切な友達がいた事とか、大好きな人が出来た事とか、本気で笑った事とか、尊敬するお姉ちゃんがいた事とか、あなたと泥棒捕まえた事とか、全部に花丸つけて、百点満点だったって！　私はおばあちゃんになってから言うんだ！」

必死で吐いた、強がりにも聞こえる彼女の言葉。

そして俺が見つけた、心のひと欠片。

「あぁ、ちくしょう……」

彼女にある、まだ幸せかどうかわからない未来。

そして、俺があの時、諦めて放り投げた未来。

「悔《くや》しいなぁ……」

言葉とは逆に、俺は少しだけ笑っていた。そう思える自分を、少しだけ誇らしく思った。

「でも、もう遅いんだよなぁ」

うつむこうとする俺の手を、香穂さんが掴んだ。

「大丈夫。中崎君が望めば、きっと……」

香穂さんは、寂《さみ》しそうに笑っていた。

その時、テンコの声が今までよりも優しく、強く、頭に響いた。

「いってこい」

あふれた涙に押されて、俺は目を閉じた。

●

目が覚めると、どこかで見た事がある風景だった。白い天井が見える。耳元では機械音が一定のリズムで繰り返されていた。

視線を動かす。自分の口にプラスチックのマスクがついていることに気が付いて、それを外した。腕は錆《さ》びているかのようにきしんで、思うように力が入らない。動くたびに服がすれて、火傷《やけど》のような痛みが背中に広がる。

顎に髭《ひげ》が生えている。大した長さではないが、ほんの数瞬前までなかったものだ。視界も意識もぼやけたまま首を回すと、枕元《まくらもと》に一枚の紙があった。ノートを一枚ちぎったものだ。体をゆっくりと起こして、二つに折られた紙を広げる。

『四年も落第した中崎君へ』

出だしにはそう書かれていた。

『四年も落第した中崎君へ。(年上でも今更《いまさら》敬語はつかえないから、今までのままでいくね)

あなたが言うには、卒業式の日が過ぎると、私から中崎君の記憶はなくなってしまうそうなので、手紙を置いていきます。私の勝手な予想が当たっていたら、この手紙を読んでくれていることでしょう。

この手紙は卒業式の後に書いています。ひと月ほど前に、幽霊とか、七不思議とか、支離滅裂《しりめつれつ》な話をあなたから聞かされました。もちろん私は信じられませんでした。でも、中崎君がそんな嘘をつくとも思えませんでした。

自分でも気持ちの整理がつかなくて、あなたとどう接していいのか分からなくて、今日まであんな態度をとってしまいました。今思えば、最後の時間を無駄にしてしまったなと、後悔しています。

でも卒業式の今日、真子からプレゼントをもらった時、ある考えが浮かびました。もしこのイアリングが、中崎君からお姉ちゃんへの贈り物だったとしたら。

そこで、ずっと悲しくて向き合う事すらなかったあのバス事故の記事を調べてみました。そうすると、あのバス事故の時、一緒に乗っていた方の一人が、この病院で眠り続けているということを知りました。実際に病院に来てみて本当に驚きました。眠り続けている男の人が、少し大人びていたけど、中崎君そっくりだったから。（少しイケメンになってるね）

だから私は今から学校に行きます。

お姉ちゃんの事を、今でも私自身受け入れられたわけでもありません。中崎君に、なにか偉そうにお説教ができるとも思っていません。

でもお姉ちゃんのことが大好きだった者同士話して、中崎君がもう一度やり直したいと思えたら、きっと目が覚めるのではないかと勝手に思っています。

全部忘れちゃう私には確かめようはないけれど、目が覚めて、この手紙を読んでくれている事を願います』

手紙に涙が落ちて、字が滲んだ。心臓はじんわりと熱くなり、体を温めていた。

――でもあれはあるぞ。幽体離脱。魂が肉体を一時的に離れるってやつ。

あいつは、俺の体を残したまま魂を抜き取っていた。

――わしに出来る事は、この学校で迎え入れる事、見送る事、そして見守る事じゃ。

テンコは俺に時間をくれたのだ。前に進みたいと、俺がそう思えるまでの時間を。

「あの野郎《やろう》……、幽霊一の嘘つきじゃねぇか……」

四年ぶりに本物の体で、痛みを感じるこの体で、俺は朝が来るまで泣いた。

手紙の最後には
『ps　卒業おめでとう』

そう書いてあった。

春の章

半月ほど経っても、まだ松葉杖《まつばづえ》なしでは歩くことが出来なかった。体力も病院の敷地《しきち》内を歩くだけで精いっぱいで、今日も庭のベンチに座って空を眺めていた。

「四年間も寝てたのに、まだ眠いな」

春の日差しは暖かく、見えない毛布を羽織っているような気分だ。

俺の前にタクシーが止まった。車の中から若い夫婦が出てくる。女の人のお腹は膨らんでいて、そのお腹を優しく抱えながら降りてきた。

夫婦が病院の中へと入っていくのを見てから、松葉杖に体重を預けて不規則なリズムで歩いて行き、運転手のおじさんに声をかける。

「すいません。乗せて行ってもらえませんか？」

「どこまで？」

「えっと、別に目的地があるわけじゃなくて、この辺を見て回りたいというか……」

「は？　どういうこと？」

四年間眠っていたので気になるんです。などと説明したら、余計に話がこじれるだろう。

「あー、とりあえず清城駅まで向かってもらえますか？」

運転手のおじさんは返事を返さずに運転席から降りると、後部座席のドアを開けてくれた。

　タクシーが動き出し、病院の敷地を抜ける。

　車の窓から見える景色の中で、いくつかの店は潰れていたし、荒れていた道が綺麗に舗装《ほそう》されている箇所《かしょ》もあった。

「変わったんですね。ここらへんも」

　そう呟くと、おじさんはミラーでこちらを見ながら反応してくれた。

「何？　あんたここら辺、久しぶりなの？」

「いや、ずっといるにはいたんですけど」

　俺の矛盾《むじゅん》した物言いに首をかしげて、おじさんはまた黙った。

　タクシーが道路脇に止まる車を追い越そうとした時、バス停に立っている一人の女性を見つけた。タクシーはそのまま通り過ぎて、彼女の姿は後方へと流れていく。

「止めてください！」

　俺の大きな声に驚きながらも、おじさんは、前後を確認してから車を止めた。

「すいません。ここでいいです。お釣《つ》りはいりませんから！」

　押し付けるようにお金を渡して、タクシーから降りた、通り過ぎた道を急いで戻る。

　すぐに停車したように思えたが、松葉杖で歩くと、思いのほか時間がかかった。

息を切らせながらやってきた俺を、バス停に並ぶ人達は皆注目してきた。しかし、俺が一人の女性に目を向けていることに気付くと、彼女以外は目を反らした。

「えっと、あの、何か、用ですか？」

彼女はスーツに身を包み、薄く化粧をしていた。しかし、間違いなく香穂さんだった。

「すいません。どちらさまでしょうか？」

香穂さんは戸惑ったまま首をかしげた。その時、バスが到着した。他の客が乗り込む中、彼女は、俺とバスを交互に見ている。

「すいません。バス一本分だけ、時間をいただけませんか？」

俺の申し出に、香穂さんは腕時計を見た。どうするか決めかねている様子ではあったが、そうこうしているうちに、バスのドアは閉まってしまった。

二人でバスを見送った後、最初の言葉に迷いながら、俺は口を開いた。

「引き留めてしまって、申し訳ありません。えっと、あなたが知り合いに似ていたので」

香穂さんは息を飲んでこちらを見た。

「もしかして、姉のお知り合いですか？」

「はい、そんなところです」

その言葉をきっかけに、彼女の顔から警戒心が消えた。

香穂さんは松葉杖の俺を気遣って、ベンチに座るよう促した。並んで座ると、俺の方が四年間で伸びた分だけ、わずかに背が大きかった。

「すいません。えっと、用事には間に合いますか？」

「はい。乗り間違えてもいいように、余裕をもって出てきたので」

彼女は手首の腕時計を見ながら答えた。彼女のスーツ姿に違和感を覚える。

「えっと、今日入学式なんですよ。大学の」

俺の目線に気が付いたのか、彼女は答えた。

「親は着物でもいいって言ったんですけど、似合う自信がなくて」

「そうなんだ」

相槌を打つだけの俺に困ったのか、香穂さんは続けた。

「えっと、姉の同級生の方ですか？」

「はい。そうです。三年生の時、同じクラスでした」

三年と聞いて彼女は「じゃあ、ご存知ですよね」と呟いてから目を伏せた。

「すいません。大した用事もないのに引き留めてしまって、でも、お礼を言っておきたくて」

「お礼？　姉にですか？」

「いや、君に」

俺は松葉杖を支えにしながら立ち上がった。

「私に、ですか……？」

「うん。君に。ありがとう。意味が分からないだろうけど、受け取っておいてもらえないかな？」

俺は深く頭をさげた。

「どういたしまして……かな？」

香穂さんは困ったように首をかしげて笑った。

「じゃあ、俺はそろそろ行くよ。実は病院を抜け出してきているんだ」

周りを見回した。タクシーは見当たらないので、大きな通りまで歩くしかなさそうだ。

「そうなんですか。お大事にしてくださいね」

香穂さんも立ち上がって小さく俺に頭を下げた。姿勢を戻《もど》してから、垂れた前髪を耳にかけ直す。

俺も会釈《えしゃく》を返してから、振り返って歩き始めた。しかし、数歩進んだところで、もう一度彼女に向き直る。

「あの！」

香穂さんは座りかけていたのをやめて、また立ち上がる。

「はい。なんでしょう？」

「えっと、イアリング。どうしたの？」

彼女は自分の耳を触った。不思議そうにしているので、俺は言葉を付け足した。

「あ、えっと、実はこの前も一度見かけたことがあって、その時は、イアリングをつけてたから」

彼女は驚いたように目を開いてから、微笑んだ。

「実はこの話、誰かに聞いてほしかったんです」

香穂さんは照れ臭そうに話し始めた。

「あのイアリング。すごく大切にしてたんですけど、先月壊れてしまって。まぁ、おそらく高価な物ではなかったので、今まで壊れなかったことの方が不思議だったんですけど」

俺は松葉杖を強く握った。

「その壊れた日って言うのが、ちょうど卒業式があった日なんです。新しい門出に合わせたみたいで、なんだか不思議でしょ？」

香穂さんが笑いかけたが、俺は黙ったままで答えられなかった。

――不思議は七つなければならない。それが決まりじゃ。

俺が七不思議を抜ける以上、その代わりが必要だったはずだ。

――引き継ぎは卒業式の夜、ぴったり深夜零時に行われる。

その瞬間、学校には香穂さんがイアリングを持ってきていた。

もし仮に――。

――魂の欠片は、生前執着を持っていたものや場所に宿るのじゃ。

朝倉咲紀さんの魂の欠片が、あのイアリングに宿っていたとしたら。

――魂の欠片として残ったものが、もとの魂の理念や、想いであったなら、それは本能として残る。

朝倉さんがこの世界に残していった魂の欠片が、俺への想いであったなら。

俺は想像する。君が七不思議になったわけを。的外れなのかもしれない。確かめることもできない。それでも、その想像は暖かく俺を包んだ。

俺は上を向く。香穂さんは戸惑っているが、今下を向いたら、涙は容赦《ようしゃ》なく零れてしまうだろう。

今すぐに松葉杖を投げ捨てて、全力で学校に走って行って、テンコや、朝倉さんの魂の欠片に会いたいと思った。

俺は震える足に力を入れて、その衝動《しょうどう》を必至で抑《おさ》える。そんなことはしてはいけないのだ。そうしない為に、俺のこの四年間はあったのだ。そうさせない為に、彼女たちは行動してくれたのだ。四年もかけて、そうしてやっと、俺は彼女のいない世界を生きる意志を得たのだから。

何年か経った時、俺は一人でも前に進める強さを持てているだろうか。堂々と胸を張って学校に戻り、テンコと朝倉さんに、会いに行けるのだろうか。もう大丈夫だから。いつか、そう言って安心させることができるだろうか。

「大丈夫ですか？」

そう問いかける香穂さんに、俺は強がった。

「うん。大丈夫。俺は、もう大丈夫」

向こうから、次のバスが来るのが見えた。

『いってらっしゃい』

あとがき

初めまして小川晴央《おがわはるお》です。

「小川さん……、発売からひと月経《た》つのに、本が十冊しか売れてません！」

「十冊!?　両親と兄貴と山本《やまもと》からは買ったって報告を受けて、あと自分で九冊買ったから……。さては誰かが嘘ついてるな！」

そんな未来を想像しつつ日々過ごしております。自分の作品が本になって店頭に並び、出会ったこともない人に買っていただけるということは本当に夢のようで、それくらい実感が湧《わ》いてこないのです。

この「僕が七不思議になったわけ」は、第二十回電撃小説大賞で金賞という素晴らしい賞をいただいた作品です。選考に携《たずさ》わっていただいた方々、ありがとうございました。特に初めての打ち合わせの時に偶然隣《ぐうぜんとなり》にいらっしゃった、時雨沢《しぐさわ》先生にいただいた評価は一生の宝物です。この賞に恥じない人間にならねばと思います。

この作品を書いていた時、楽しんでパソコンに向かいつつも「これがダメだったら投稿《とうこう》はもう諦《あきら》めよう」と思い作業していました。

……と書くとあたかもラストチャンスをものにしたようで格好いいですが、実は三年くらい前から作品を書き始める度に同じ事を言っていました。そんな意志が弱く、根性なしの僕が今まで作品制作を続けてこれたのは、友人と家族や、先輩《せんぱい》である井上《いのうえ》さん、鳳《おおとり》さん、そして、小森《こもり》先生が時に励《はげ》まし、時にいましめ、時に放置することで、最高のサポートをしてくれたからです。本当にありがとうございました。ただし、これからも心配と迷惑《めいわく》は引き続きかけていくので、よろしくお願いします。

本書のイラストを担当してくださった、よしづきくみち先生。少しややこしい性質を持った作品であるにもかかわらず、完璧という言葉では足りないほど、素晴らしいイラストを描いていただきました。おかげで、光があふれる素敵な本になりました。ありがとうございました。

担当編集である佐藤《さとう》さんと近藤《こんどう》さんには、人間としても未熟な僕を一人の作家として尊重し、素晴らしい助言で導いていただきました。ありがとうございました。

そして最後に、この本を手にとっていただいているあなたには、感謝してもしきれません。今どのような気持ちでいてくれているかは分かりませんが、僕の作品で少しでも心が動かせていたら幸せです。
次の作品を手に取ってもらう事は、今までやってきたこと以上に難しい事だとは思いますが、挑戦《ちょうせん》してみることにします。では、もう一度お会いできることを願って。

小川晴央《おがわはるお》

まさか本当に十冊しか売れないなんてことは……。さすがにもう少しくらい……、十二冊くらいは……。

小川晴央　著作リスト

僕が七不思議になったわけ（メディアワークス文庫）

本書は第20回電撃小説大賞で《金賞》を受賞した『三年B組　中崎くん(仮)』に加筆・修正したものです。

メディアワークス文庫
僕《ぼく》が七不思議《ななふしぎ》になったわけ

小川晴央《おがわはるお》

発行　2014年2月25日　初版発行
　　　2015年5月15日　4版発行

発行者　塚田正晃
発行所　株式会社KADOKAWA
　　　　〒102-8177　東京都千代田区富士見2-13-3
プロデュース　アスキー・メディアワークス
　　　　〒102-8584　東京都千代田区富士見1-8-19
　　　　電話03-5216-8399（編集）
　　　　電話03-3238-1854（営業）
装丁者　渡辺宏一（有限会社ニイナナニイゴオ）
印刷・製本　加藤製版印刷株式会社

Printed in Japan
ISBN978-4-04-866322-9 C0193

メディアワークス文庫　http://mwbunko.com/
株式会社KADOKAWA　http://www.kadokawa.co.jp/

本書に対するご意見、ご感想をお寄せください。

あて先
〒102-8584　東京都千代田区富士見1-8-19　アスキー・メディアワークス
メディアワークス文庫編集部
「小川晴央先生」係

時は大正、
帝都東京には
まだ不思議な事が
あふれていた
女性から熱い視線を注がれる、
帝国大助教授の美青年。
彼は正統な学問だけでなく、
異端の知識〝魔道〟にも通じているという。
大正ロマンあふれる帝都東京で
繰り広げられる、
不可思議な事件簿シリーズ。
紳堂助教授の
帝都怪異考
エドワード・スミス
Edward Smith
紳堂助教授の帝都怪異考
紳堂助教授の帝都怪異考二　才媛篇
紳堂助教授の帝都怪異考三　狐猫篇